Stricken macht schön

Lebenshilfe zu Glück
und Gesundheit in der
                    Edition BoD
                    hrsg. von Vito von Eichborn

Martina
Behm

Stricken macht schön

… und noch mehr gute Gründe, jetzt
(wieder) zu den Nadeln zu greifen

Edition BD

Martina Behm, Jahrgang 1974, lebt als Strickdesignerin und Autorin mit ihrer Familie in Hamburg. Ein Leben ohne Wolle mag sie sich schon lange nicht mehr vorstellen.

Vito von Eichborn war Journalist, dann Lektor im S. Fischer Verlag, bevor er 1980 den Eichborn Verlag gründete, dessen Programm noch heute ein breites Spektrum umfasst: Humor, Kochbücher und Ratgeber, Sachbücher aller Art, klassische und moderne Literatur sowie die Andere Bibliothek. Nach seinem Ausstieg im Jahre 1995 war er u.a. Geschäftsführer bei Rotbuch / Europäische Verlagsanstalt und sechs Jahre Verleger des Europa-Verlags. Seit 2005 ist Vito von Eichborn selbständig als Publizist tätig und fungiert u.a. seit März 2006 als Herausgeber der Edition BoD. Weitere Informationen unter www.vitolibri.de.

Meine Buchhändlerin sagte mir, „ja", sagte sie ...

Ja, das Thema Stricken hört sich reizvoll an. Das ist ja nicht mehr schlicht die Herstellung von Maschen – sondern gerade bei jungen Leuten die coole Renaissance der Handarbeit. Aber Anleitungs-Ratgeber gibt's wohl genug. Worum geht's in diesem Buch?"

„Die Autorin will vor allem Mut machen, nach dem Motto: ‚Stricken ist etwas, das wir nicht müssen – sondern das wir uns gönnen.'

Es stimmt ja einfach: Heute ist es nicht mehr wie in den Siebzigern zu Beginn der Ökobewegung eine demonstrative Konsumverweigerung, sondern auch im schicken Café angesagt. ‚Die Welt' schrieb: Basteln ist das neue Yoga. Natürlich enthält es starke kontemplative Werte. Martina Behm berichtet auch vom Yarn bombing der Woll-Aktivisten, anderswo auch Urban oder Guerilla Knitting genannt. Da werden Telefonzellen, Zaunpfosten, Bäume und Parkbänke ‚bestrickt' – gewissermaßen als sympathische gewaltlose Weltverbesserung. Offensichtlich wird dies zur Spaß-Bewegung, die von der Straßenkunst schon bis in die bildende Kunst im Museum reicht; es wird spannend, wohin sich das weiterhin entwickelt. Und inzwischen ..."

„Aber das Buch ist doch nicht abstrakte Theorie, oder?", unterbrach mich meine skeptische Buchhändlerin, wie sie das immer macht. „Mal einfach: Worum geht's?"

„O nein, dies ist nicht abstrakt, es ist eher ein Plädoyer: Stricken macht das Leben bunter, schafft Freundschaften, spendet Wärme. Ja, es macht schön und schlau. Die Autorin schreibt sehr anschaulich und lebendig, erzählt auch von eigenen Vorlieben und Abneigungen.

Für viele Frauen wurde die Schwangerschaft zur Initialzündung. Und das eigene Baby mit den schönsten selbst gestrickten Sachen einzukleiden und zu umgeben führt später oft dazu, dass im Familien- und Freundeskreis die Socken und Schals inflationär zunehmen. Martina Brehm plädiert dafür, einen ganz eigenen Stil zu suchen und die üblichen Strick-Klischees weit hinter sich zu lassen. Sie berichtet vom gnadenlosen Kampf gegen die Motten, den alle Strickerinnen kennen; man kann sogar Schlupfwespeneier kaufen, um die Tierchen gegen die Motten einzusetzen. Und sie erzählt von nationalen und internationalen Treffen der Strickerinnen, vom ständigen Dazulernen, auch von Möglichkeiten im Internet.“

„Da fällt mir ein, ich las grade von einer wissenschaftlichen Untersuchung in Harvard, dass Stricken gut ist gegen Stress und Bluthochdruck“, ergänzte meine kluge Buchhändlerin, „ja, das bringt mich drauf, meine Wollsammlung mal wieder zu vervollständigen und ganz was Neues zu versuchen. Ich hätte gerne für hier im Laden ein paar bunte Westen und ...“

Sie brach ab und ließ mich stehen, wie immer, wenn die Glocke an der Tür läutete. Ich schlenderte hinterher und hörte sie zur Kundin sagen: „Was ist Glotzen oder Sport gegen Stricken? Vor hundert Jahren gab's doch schon mal eine

Art-and-Crafts-Bewegung. Ich habe den Eindruck, das wird der nächste Hype in unserer westlichen Welt. Ich finde das toll."

Ich auch. Die Autorin hat mich überzeugt. Wer dieses Buch liest, wird Stricken nie wieder für omamäßig gestrig halten, sondern für sich selbst und den Rest der Welt für segensreich.

Frohes Stricken
wünscht

Vito von Eichborn

Inhalt

Stricken macht schön

Ja, Stricken macht schön (und natürlich auch schlau, aber das ist ein anderes Thema). Nun könnte die Leserin, die Beauty-Tipps aus Frauenzeitschriften gewohnt ist, fragen: Wie kann es sein, dass eine Tätigkeit, bei der man stundenlang gemütlich auf dem Sofa sitzt und nur Finger und Unterarme bewegt (sieht man vom Einfangen herumkullernder Wollknäuel mal ab), schön macht? Die Fettverbrennung wird dadurch jedenfalls kaum angekurbelt. Der Puls bewegt sich deutlich unterhalb des Intervalls, das für aerobes Training empfohlen wird – außer vielleicht in den Momenten, in denen die Strickerin merkt, dass sie vor etwa 30 Reihen vergessen hat, mit den Abnahmen für die Armschrägen zu beginnen. Anti-Falten-Effekte sind nur dadurch zu erwarten, dass die Strickerin wahrscheinlich ein entspanntes, frohes Gesicht dabei macht. Aber das alles meine ich auch gar nicht.

Stricken macht schön, weil die meisten Frauen, wenn sie auch für sich selbst und nicht nur Socken stricken, vorher überlegen müssen, was sie stricken möchten: ein Tuch mit aufwändiger Spitze, einen lässigen Loopschal, einen Oversize-Pulli oder ein Bolerojäckchen. Sie müssen ein Strickmodell auswählen, das ihnen nicht nur gefällt, sondern auch gut steht. Und sind damit gezwungen, sich selbst mal ganz genau anzugucken: Habe ich breite Schultern oder eher schmale? Ist mein Bauch rund oder flach? Wo ist die breiteste Stelle meiner Hüften? Stehen mir lange, großzügige Strickmäntel oder eher knappe, kurze Kleidungsstücke? Bin ich der Typ für bunte Vögelchen auf meiner Strickjacke, oder mag ich den klassischen Look von Zopfmustern? Wer sich einen Pullover, eine Jacke oder eine Weste stricken möchte, wird sich diese Fragen zwangsläufig stellen. Vielleicht zum ersten Mal im Leben. Denn anders als jemand, der sich ausschließlich und auch gern mal spontan in Boutiquen, Kaufhäusern oder beim Klamottendiscounter mit neuen Kleidern versorgt, muss eine Strickerin genau planen und überlegen. Schließlich wird sie nicht nur das Geld investieren, das sie für das Garn ausgibt, sondern auch Tage und Wochen ihrer Lebenszeit.

Wenn am Ende der vielen Stunden Strickzeit ein Kleidungsstück entstanden ist, in dem sie sich nicht mag oder das ihr nicht passt, war es leider vertane Zeit. Und so gern viele Strickerinnen von sich behaupten, sie strickten, weil es so schön beruhigend und meditativ sei und sie gern das weiche Garn in den Händen hielten: Jede wünscht sich, dass ihr Werk nicht nur tragbar ist, sondern so großartig aussieht, dass es die bewundernden Blicke ihrer Mitmenschen (und nicht nur die der anderen Strickerinnen) auf sich zieht.

Hat die Strickerin sich also für ein Modell entschieden, muss ein passendes Garn her – in der richtigen Farbe. Welcher Ton steht mir? Beim Herumprobieren mit verschiedenfarbigen Strängen vor dem Spiegel (unbedingt bei Tageslicht!) kommen da so manche Aha-Erlebnisse. Das schöne, leicht ins Türkis changierende Blau, das ich so gerne mag, lässt mich leider blass und krank aussehen. Eine Nuance dunkler, mit einem Stich ins Graue, steht es mir fabelhaft – weil es sich in den Farben meiner Iris wiederfinden lässt. Knallrot steht mir so lala, aber mit einer pinkfarbenen Mütze auf dem Kopf gehe ich morgens ungeschminkt aus dem Haus und sehe trotzdem frisch und gesund aus, weil es genau der Ton ist, den meine Wangen annehmen, wenn mir etwas peinlich ist. Und so lernt eine Strickerin nach und nach, welche Farben sie schöner machen. Und sie findet das, was so viele wollen und so wenige haben: einen eigenen Stil. Das Wissen darum, worin sie nicht nur gut aussieht, sondern auch und viel wichtiger: wie sie selbst. (Mir haben die Bücher der Stilexperten Brenda Kinsel und David Zyla bei der Suche sehr geholfen.)

Jedes Mal, wenn ich zu einem Stricktreffen gehe, treffe ich ausgesprochen schöne Frauen. Keine Normschönheiten, wie sie auf Plakatwänden zu sehen sind, aber Frauen, die man gerne anguckt. So wie Katrin, die neulich zu ihren rötlichen Locken und grünbraunen Augen ein Tuch aus handgefärbter Malabrigo-Wolle trug, das damit wunderbar harmonierte. Oder Julia, die ihre tiefseegrünen Augen mit handgestrickten Pullovern, Schals und Mützen in Blasstürkis bis Grellgrün richtig schön zum Leuchten bringt. Und Bente, die ihren ganz eigenen Stil mit Strickjäckchen im 50er-Jahre-Look perfektioniert hat und dabei einfach nur hinreißend aussieht. Frauen, denen man anmerkt, dass sie sich in ihren Klamotten wohlfühlen, sehen toll aus. Und unter Strickerinnen sind solche Frauen viel häufiger anzutreffen als unter Shopaholics oder Strohstern-Bastlerinnen. Wetten?

Mehr Mut

Ich weiß noch, wie ich früher Strickzeitschriften durchgeblättert habe: Lochmuster, Knotenstich, Patentmuster, Zöpfe – bloß nicht! Hatte ich noch nie ausprobiert, hatte meine Oma mir nicht beigebracht, wusste ich nix mit anzufangen. Außerdem konnte ich mir gar nicht vorstellen, wie einfaches Vertauschen der Reihenfolge der Maschen solche gleichmäßigen Zöpfe produzieren sollte. Und dann würde mir möglicherweise noch alles von den Nadeln rutschen, ich würde mit der Strickschrift durcheinanderkommen, und es würde nicht gleichmäßig aussehen, und dann wäre die Mühe umsonst. Nee. Ich suchte mir Anleitungen mit rechten und linken Maschen oder farbigen Einstrickmustern aus. Vor mehrfarbigen Mustern hatte ich keine Scheu, denn es erschien mir völlig logisch, wie das funktioniert: Zwei verschiedene Farben auf den Fingern, die abwechselnd laut Strickschrift gestrickt wurden, Hinreihen rechts, Rückreihen links. Dass mehrfarbiges Stricken mit linken Maschen im angloamerikanischen Strickraum quasi als unmöglich und um jeden Preis zu vermeiden gilt, habe ich erst Jahre später erfahren (und den Grund dafür bis heute nicht verstanden).

Umso merkwürdiger erscheint es mir jetzt, dass ich jahrelang glaubte, ich „könnte keine Zöpfe". Bis ich irgendwann ein Paar Handwärmer mit einem ganz feinen, filigranen Zopfmuster sah, die ich un-bedingt haben musste. Weil sie so wunderschön waren („VeryTerhi" von der niederländischen Designerin Yarnissima).

Und so nahm ich meine Nadeln und meine Wolle und legte los: Die Zöpfchen waren einzelne Maschen, die in einem Zickzackmuster über den Handrücken wanderten. Ab und zu war es fummelig, mal ging mir eine Masche verloren, mal musste ich zurückribbeln, weil ich mich in der Zeile der Strickschrift geirrt hatte. Aber langsam, Runde um Runde, wuchs der fingerlose Handschuh, und ich war fasziniert. Davon, wie großartig das aussah, was ich da gerade schuf. Und davon, wie einfach es doch war – mit genügend Geduld und dem Wissen, dass sich jeder Fehler beheben lässt. Warum hatte ich jahrelang geglaubt, ich könnte keine Zöpfe stricken? Warum hatte ich mich nie an verschränkte Maschen, unsichtbare Zunahmen und in der Runde gestrickte Daumen herangewagt? Im Nachhinein muss ich sagen: Ich war feige. Ich traute mir zu wenig zu, obwohl ich natürlich weder zu dumm noch zu ungeschickt dafür war.

Seit meiner Erfahrung mit den Mini-Zöpfen bin ich beim Stricken viel mutiger geworden: Ich habe in der Runde gestrickte Teile mit der Schere aufgeschnitten, mit provisorischen Anschlägen herumgespielt, Socken von der Spitze aus gestrickt und mir eine zwei Meter lange Spitzenstola gemacht. Ich habe Fingerhandschuhe und ganze Pullover mit Zopfmustern gestrickt.

Ich weiß jetzt, dass ich mich nur trauen muss. Und dass es kein Drama ist, wenn zwischendurch etwas noch nicht ganz so gut funktioniert. Nicht nur beim Stricken.

Stricken beruhigt

Morgens, fünf Uhr siebzehn. Zeit, aufzustehen, findet meine kleine Tochter, schließlich ist es in Norddeutschland Mitte Juni schon längst hell um diese Zeit. Egal, dass ich noch bis abends um halb zwölf neue Socken für ihren Bruder gestrickt habe und nachts mindestens dreimal wach war, weil das eine oder andere Kind lautstark nach Mama verlangte. Ich bin todmüde. Ich will schlafen. Aber die kleinen, quakenden Kräfte, die ich zwar irgendwann selbst in die Welt gesetzt, aber leider längst nicht so unter Kontrolle habe, wie ich es mir wünsche, verlangen, dass ich wach bin. Kann man nichts machen. Höchstens ganz schnell einen Espresso trinken und hoffen, dass der Kreislauf bald wieder mitmacht.

Beim Frühstück kriegt mein Sohn einen Brüllanfall, weil seine Brötchenhälfte in zwei Teile zerbrochen ist. Ein paar Stunden später, als die Kinder und ich zum Bus müssen, klatscht einer dieser Sommerregen herunter, bei denen man sich schleunigst irgendwo verstecken muss, um nicht völlig durchnässt zu werden. (Hinweis: Nach vorne offene Bushaltehäuschen reichen dafür nicht aus.) Später habe ich einen Termin für ein Telefoninterview mit einer Dermatologie-Professorin, die meistens irgendwo zwischen Paris und Abu Dhabi herumreist, um Vorträge zu halten, und dementsprechend wenig Zeit hat, aber die Leitung ist mausetot. „Störung", sagt mein Telefon. Kann keiner was für, kann keiner was gegen machen. Ist dreißig Minuten später wieder gut, aber die Professorin muss jetzt los zu ihrer Vorlesung und hat leider erst zwei Wochen nach meinem Abgabetermin wieder Zeit.

Am Nachmittag, als ich die Kinder aus der Kita holen will, hat der Bus Verspätung und ist proppenvoll – wie immer, wenn es regnet. Und die Erzieherin beschwert sich über die häufigen Wutanfälle meines Sohnes und hält ein Elterngespräch außer der Reihe für angebracht. Abends, als die Kinder im Bett liegen und ich, bevor schon wieder jemand nach mir ruft, ein paar Minuten Nachrichten gucken kann, sind da Euro-Krisen, Tsunamis, Kernschmelzen, Hungersnöte, Diktatoren, Massenpaniken. Schreckliches, Unerträgliches, worauf ich leider genauso wenig Einfluss habe wie auf die Launen meiner Kinder oder den Berufsverkehr. Ich kann zwar spenden, die richtigen Parteien wählen, unfähige Bürgermeister aus dem Amt jagen, fair gehandelte Dinge kaufen und hoffen, dass sich damit irgendwann etwas ändert. Aber in Wahrheit fühlt es sich doch an, als ob ich kaum etwas bewirken könne, sowohl in meiner kleinen als auch in der großen Welt. Solche Ohnmachtsgefühle, das wissen Psychologen, bedeuten Stress: Auf Dauer einer Situation ausgesetzt zu sein, die man nicht ändern kann, macht Menschen fertig. Mich manchmal auch.

Was dagegen hilft, ist, sich einen kleinen, geschützten Ort zu suchen, an dem man die Dinge eben doch in gewissem Maße kontrolliert. Mag lächerlich klingen, ist aber so. Das kann zum Beispiel das Gemüsebeet sein, in dem nur Radieschen, Karotten, Dill und Rucola wachsen dürfen, Vogelmiere und Giersch aber sorgfältig ausgezupft werden. Das kann die Modelleisenbahn sein, die in einer Miniaturlandschaft herumkurvt, welche ganz genau nach den Vorstellungen ihres Besitzers entstanden ist. Das kann der Donauwellenkuchen sein, den ich meinem Mann jedes Jahr zum Geburtstag backe und bei dem ich genau weiß, was ich tun muss, damit die Schokoladenglasur nicht bretthart wird (Butter in die Kuvertüre!). Und natürlich mein Strickzeug.

Ich will nicht behaupten, dass ich immer zu hundert Prozent unter Kontrolle habe, was bei meinen Strickprojekten herauskommt. Mal vergesse ich eine Zunahme am Spickel einer Socke, mal lese ich eine Anleitung falsch, lasse einen Farbwechsel aus oder stricke acht Maschenproben, von denen keine einzige die gewünschten 18 Maschen auf zehn Zentimetern ergibt. Doch was auch immer beim Stricken schiefläuft: Es ist niemals wirklich schlimm. Mein Strickzeug verzeiht mir, anders als der Rest der Welt, jeden Fehler. Ich kann alles, was mir misslungen ist, ganz einfach wieder rückgängig machen und von vorn anfangen – wenn ich denn genug Mut und Nerven zum Aufribbeln habe. Mein Strickzeug schreit mich nicht an, obwohl ich mir wirklich Mühe gebe, alles richtig zu machen, nur weil es heute gerade mies drauf ist. Umgekehrt verkraftet es ein angefangenes Tuch sehr gut, wenn ich es mit dem Schlimmsten, was der Wortschatz hergibt, verfluche, weil ich schon zum dritten Mal die Spitzenkante auftrennen musste. Egal wie sehr ich es beschimpfe oder beleidige: Mein Strickzeug hegt nie Rachegelüste und ist auch sonst keine ernste Gefahr für mich oder andere Menschen. Ich achte immer darauf, meine Metallstricknadeln vom Sofa zu räumen, bevor sich jemand versehentlich draufsetzen kann. Stricken ist auch deshalb so beruhigend, weil die Wahrscheinlichkeit, dass ich mich selbst während des Strickens mit meinem Werkzeug verletze, gering ist. Tätigkeiten, für die man Schlagbohrer und Stichsäge braucht, schaffen dagegen oft mehr Drama im Haus, als man gerade verkraften kann.

Das Ergebnis meines Strickens ist immer etwas Freundliches, Warmes, Schönes. Etwas, das die Welt, wenn auch nur in einem mikrokleinen Teil, ein bisschen besser macht: Mein Sohn wird im Winter warme Füße haben. Meine Tochter liebt ihr pinkfarbenes Halstuch. Meine neue Strickjacke passt wie angegossen. Meine Mutter zeigt das Schultertuch, das ich ihr zu Weihnachten geschenkt habe, stolz ihren Freundinnen.

Mich mit meinem Strickzeug hinzusetzen und die nächste bunt geringelte Kindersocke anzuschlagen, gibt mir das Gefühl zurück, dass ich doch etwas tun kann. Etwas winzig Kleines nur, aber immerhin. Und dann geht es mir besser.

Das Leben wird bunter

Es ist noch gar nicht lange her, da fand ich Selbstgestricktes aus Multicolor-Garnen, nun ja – irgendwie peinlich. Dieser Flecken-Look, dieses Batikmäßige, dieses unruhige Bild, damit konnte ich nicht so richtig warm werden. Ich mochte klassisch einfarbige Strickteile mit Strukturmuster lieber, Links-rechts-Muster, gedeckte Farben, Grauschwarzbraun, alles sehr sophisticated. Ich wollte, dass meine Werke aussahen wie im Laden gekauft. Nur noch schöner. Nie wäre ich auf die Idee gekommen, die Farben Orange, Pink und Rot zu kombinieren, denn die beißen sich doch. Oder Grün und Blau, da gab es im Kindergarten schon immer so einen blöden Spruch. Aber als ich dann handgefärbte Strickgarne in die Finger bekam, änderte sich das. Ganz langsam. Meine ersten Lieferungen hätte ich am liebsten mit Sonnenbrille ausgepackt. Knallpink mit Signalrot! Kornblumenblau mit Intensivlila! Grasgrün mit Grellgelb! Unglaublich. Ich wusste erst mal gar nicht, was ich davon halten sollte. Selbst hätte ich damals diese Farben nie tragen wollen, die Garne waren für Kinderjäckchen, Söckchen und Strampelanzüge gedacht. Doch dann war da diese Spannung zwischen den Farbtönen, das Lebendige, das ein Garn mit verschiedenen Schattierungen ausstrahlt. Und mich faszinierte.

So strickte ich meiner Tochter eine Mütze mit einem Einstrickmuster aus Leuchtendpink, Rostorange und Dunkelrot, und ich wurde geradezu süchtig nach diesen intensiven Tönen. Es machte mir auch viel mehr Spaß, damit zu stricken, als mit perfekt einheitlich grau oder blau gefärbten Garnen: Die fröhlich bunten Farben erzeugten sofort gute Laune, wenn ich mein Strickzeug in die Hand nahm, und die Farbvariationen fand ich spannend. Wie würde das Kästchenmuster in Indischrot und Knallrosa rüberkommen? Die Zacken in Dunkelorange und leuchtendem Rot? Eine feingemusterte Strickjacke in der gleichen Farbkombination wie die der kleinen Mütze gehört seither zu meiner Garderobe. Und ich merke am Blick mancher Leute, dass sie wohl eine Kopfschmerztablette nötig hätten, wenn ich mich damit länger als 30 Minuten in ihrer Nähe aufhalten würde. Ich trage jetzt mit Leidenschaft Farben, die ich früher nie angerührt hätte: Birnengelbgrün, Dunkeltürkis mit Laubfroschgrün sowie Pink, Rot und Rosa in allen Schattierungen. Tristesse und Langeweile finden in meinem Kleiderschrank nicht mehr statt (vornehme Zurückhaltung allerdings auch nicht). Ich protestiere schon lange nicht mehr, wenn mein Kind morgens unbedingt ein chinarotes Shirt zu einer pinkfarbenen Cordhose und lila Socken anziehen möchte, denn sie sieht wie ein wunderschöner, fröhlicher Farbklecks damit aus. All diese Farben stehen ihr richtig gut. Warum also nicht?

Seit ich mit handgefärbten Garnen stricke, weiß ich: Farben, die sich beißen, gibt es nicht. Es gibt nur Farben, die spannend zusammen aussehen. Stricken hat meinen Farb-Horizont erweitert, mich offener und ja, ich finde: auch toleranter gemacht. Wenn ich eine Strickerin mit einem leuchtend orangefarbenen Pullover oder einer quietschgrünen Strickjacke treffe, wundere ich mich kein bisschen, sondern freue mich über den tollen bunten Hingucker zwischen all den grauschwarzbraunen Klamotten, die man sonst überall zu sehen bekommt. Und mache ihr dafür ein Kompliment, das von Herzen kommt.

Eine Freundin namens Mathe

Ja, die Mathematik ist die gute, treue Freundin einer jeden Stricke-rin. Man muss sich nur trauen, sie ein bisschen kennenzulernen. Denn sie ist gar nicht so anspruchsvoll, wie sie auf den ersten Blick manchmal aussieht. Sie findet es sogar okay, dass wir zu jedem Date einen Taschenrechner mitbringen, weil wir uns damit in ih-rer Gegenwart sicherer fühlen. Nur komplett vernachlässigen dür-fen wir sie nicht – dann verbündet sie sich mit dem Ribbelmonster und verlangt, dass wir Runde um Runde, die wir in stundenlanger Arbeit geschaffen haben, wieder vernichten. Aber wenn wir re-gelmäßig bei ihr vorbeischauen, ist sie sehr hilfsbereit – und man kann sogar richtig Spaß mit ihr haben. Beim allerersten Kraus-rechts-Schal hält sie sich noch im Hintergrund, und auch die Anleitung für die Babyschuhe lässt sie uns noch alleine stricken. Aber sobald es heißt: „Wiederholen Sie die Reihen 1 bis 8, bis ca. 25 Prozent des Garnes übrig sind", meldet sie sich. Und möchte, dass wir sie mitspielen lassen.

Selbst Leute, die seit Ende der Schulzeit um den Dreisatz immer einen großen Bogen gemacht haben, begreifen ihn sofort, wenn sie mit Hilfe einer Maschenprobe und ihrem Kopfumfang in Zentimetern ausrechnen sollen, wie viele Maschen sie für eine Mütze anschlagen müssen. Und wenn der Ausschnitt der Strick-jacke nicht ganz so schräg verlaufen soll, wie von der Designerin vorgesehen, findet selbst eine ausgewiesene Zahlenphobikerin ei-nen Weg, wie sie die Anzahl der Reihen zwischen den Zunahmen ausrechnen kann. Falls es dann immer noch Probleme gibt, kann beim Stricktreff bestimmt jemand weiterhelfen. Denn interessanterweise sind unter Strickerinnen viele, die auch beruflich mit Zahlen umgehen: Steuerberaterinnen, Bauingenieurinnen, Programmiererinnen, Buchhalterinnen. Und so manche internationale Strickdesignerin ist gelernte Mathematikerin (Amy Herzog) oder Physikerin (Connie Chang Chinchio, Stefanie Japel). Norah Gaughan, die immer wieder innovative geometrische Formen in ihren Designs verwendet, hat Biologie studiert und deshalb während ihrer Ausbildung nicht ganz so viel mit Zahlen zu tun gehabt. Aber den Spaß am exakten Arbeiten und an Formen, die man mit mathematischen Mitteln erzeugen kann, sieht man ihren Strickstücken sehr oft an. In ihrem Buch „Knitting Nature" findet man gleich mehrere Pullover und Jacken mit Fraktalen, also Mustern, die, wenn man sie genau betrachtet, ihre eigene Form wiederholen. Gaughan führt ein Farnblatt als Beispiel an: Die einzelnen Blättchen eines großen Farnblatts sehen aus wie Miniaturausgaben des Ganzen. Solche Formen kommen in der Natur häufig vor, aber man kann sie auch mit Hilfe mathematischer Formeln am Computer zeichnen. Dabei entstehen ganz erstaunliche Muster, wie zum Beispiel die sogenannte Drachenkurve (Bilder davon findet man zuhauf im Internet). Norah Gaughan hat sie als farbiges Einstrickmuster für ihre Anleitung „Serpentine Coat" verwendet. Eine geniale Idee.

Eine gewisse Faszination für Dinge, die man ausrechnen kann, scheinen viele Strickerinnen zu teilen. Mir geht es genauso. Als ich meine „Therapi"-Jacke (Anleitung von Stefanie Japel auf

Knitty.com) gestrickt habe und dafür nur eine begrenzte Menge Garn zur Verfügung hatte, habe ich eine Art Formel entwickelt, um auszurechnen, wie lang ich sie stricken konnte, um immer noch genug Garn für den großen Kragen übrig zu haben. Als das am Ende tatsächlich funktioniert hat, war das ein tolles Gefühl.

Was man berechnen kann, bleibt überschaubar. Das Ergebnis ist immer eindeutig, Diskussionen sind zwecklos: Wenn die Maschenprobe 20 Maschen auf zehn Zentimetern zeigt und der gewünschte Brustumfang des Pullovers 100 Zentimeter beträgt, braucht man 200 Maschen. Fertig, aus, Punkt. Schlägt man eine andere Anzahl Maschen an, wird der Pullover nicht passen. Und wenn man während des Strickens merkt, dass man doch strammer oder lockerer strickt als in der Probe, wird der Pullover entweder zu eng oder zu weit. Das ist Fakt. Und das ist beruhigend, denn längst nicht in allen Aspekten des Lebens sind Ursache und Wirkung so klar, sind Ergebnisse so vorherseh- oder berechenbar. Wenn ich fünf Erdbeerpflanzen in meinen Balkonkasten setze, weiß ich später nicht, wie viele Erdbeeren ich im Juli essen kann, denn ein fieser Blattpilz oder böse Schnecken könnten mir die Hälfte wegfressen. Wenn ich zweimal täglich Zähne putze, kann ich trotzdem Karies bekommen. Wenn das Navigationsgerät mir sagt, dass ich in dreieinhalb Stunden in Göttingen ankommen werde, ist da plötzlich ein schwerer Unfall mit Vollsperrung auf der Autobahn.

Ich will nicht bestreiten, dass es beim Stricken unangenehme Überraschungen geben kann – die Ärmel sind nach der ersten Wäsche doch zu lang, das Kinderkleidchen der Tochter zu eng, der Pullover für den Alltag zu warm. Aber wenn ich ehrlich bin, hat das meistens damit zu tun, dass ich vorher Fakten ignoriert (Alpaka ist wärmer als Wolle) oder nur grob geschätzt hatte (Brustumfang des Kindes), statt genau zu messen und zu rechnen. Dass ich so arrogant war zu glauben, dass es auch mal ohne die Mathematik gehen würde, die sich dann prompt wieder meldet. Dann wird geribbelt und anständig gerechnet – und nun passt es ganz bestimmt.

Ja, man sollte sie behandeln wie eine gute Freundin, die Mathematik. Sie zu jedem Strickprojekt einladen, ein bisschen mitzumachen. Sie kontrollieren lassen, ob der Ärmel wirklich weit genug wird, wenn wir 60 Maschen auf der Nadel haben. Und wenn wir sie mal nicht verstehen, fragen wir einfach unsere anderen Strickfreundinnen um Rat. Denn wahrscheinlich ist eine darunter, die mit der Mathematik noch viel besser kann als wir.

Öma hat aufgehört

Wenn man sich bei Strickerinnen umhört, war es sehr oft die eigene Oma, die uns zum ersten Mal mit Stricknadeln in Berührung brachte. Meine Großmutter setzte sich eines langweiligen Herbstnachmittags mit mir hin und zeigte mir, wie ein Maschenanschlag funktioniert. Später nahm sie all die Maschen, die ich beim Stricken meines allerersten Puppenschals fallen gelassen hatte, wieder auf und fügte unauffällig und blitzschnell ein paar Reihen ein. Der Schal wurde so in wenigen Stunden fertig, und wir knoteten sogar noch Fransen daran. Meine Oma hat außerdem noch bis vor ein paar Jahren die ganze erweiterte Familie mit selbstgestrickten Wintersocken versorgt, ganz klassisch mit einem Nadelspiel, die Socke am Bündchen begonnen, mit Fersenkäppchen und simplen, sternförmigen Abnahmen an der Spitze. Kein Magic Loop, kein Toe-up, keine Bumerangferse, kein Zusammenfügen im Maschenstich. Meine Oma strickte Socken so, wie sie es selbst als Kind gelernt hatte. Und ihr Vorbild war natürlich auch wieder die eigene Großmutter. Der Legende nach hatte die nämlich, bevor sie starb, ihrem Sohn so viele Kniestrümpfe gestrickt, dass er sich bis ans Ende seiner Tage kein einziges Paar mehr zu kaufen brauchte. Eine Leistung, die meine Oma schon als Kind sehr beeindruckend fand und der sie wohl insgeheim nacheiferte.

Und so war es für sie lange Zeit selbstverständlich, auch für uns Kinder Socken zu stricken. Schlicht, mit Ringeln oder gerne auch in leuchtendem Grün oder Weiß. Bis mein Bruder und ich nach schwarzen Socken verlangten, weil die bunte Fußbekleidung nicht zu unseren nun erwachseneren Klamotten passte. Aber dunkle Socken sind schwieriger zu stricken, weil man die Maschen nicht so gut auf der Nadel erkennen kann wie bei hellem Garn. Das war nichts für meine Oma. Die Socken wurden immer seltener.

Aber das lag nicht nur an unseren Farbwünschen, sondern vor allem daran, dass sie schon Jahre zuvor ihre wahre Handarbeits-Lieblingsdisziplin entdeckt hatte: Tischdecken und Kissen mit kunstvollen Lochstickereien nach norwegischem Vorbild. Sie nahm immer feinere Stoffe, immer kompliziertere grafische Muster und stickte in jeder freien Minute.

Wenn Oma stickt, ist sie froh und zufrieden. Wenn ich sie treffe, präsentiert sie mir ihre neuesten Werke, fein gebügelt, sorgfältig umsäumt, die Rückseite von der Vorderseite kaum zu unterscheiden. In meinem Wäscheschrank habe ich einen ganzen Stapel mit ihren Kunstwerken, und in unserem Flurfenster hängt sogar eine große Gardine, die sie in dieser Lochmustertechnik angefertigt hat. Meine Oma ist Sockenstrickerin aus Pflichtgefühl, aber Hardanger-Stickerin aus purer Leidenschaft. Ich freue mich jedes Mal, zu sehen, wie sehr sie in ihrem Hobby aufgeht – ganz so wie ich in meinem, dem Stricken. Manchmal macht sie noch Kindersöckchen für ihre vier Enkel, denn die gehen ja schnell. Ich finde das immer sehr lieb von ihr, aber trotzdem habe ich ein schlechtes Gewissen, diese Socken anzunehmen. Denn ich meine, dass sie jetzt, mit 86 Jahren, wirklich nur noch das tun sollte, was ihr Spaß macht.

Liebe Oma, du hast in deinem Leben genug Socken gestrickt! Nun kannst du es anderen überlassen, den Sockennachschub für die Familie zu produzieren. Ich melde mich freiwillig.

Warme Füße

Handgestrickte Socken sind viel wärmer, angenehmer zu tragen und sitzen besser als jeder Strumpf, den man im Laden kaufen oder im Internet bestellen kann. Ist so. Weiß keiner, warum. Schließlich bieten auch Naturmode-Versandhäuser dicke Socken aus reiner Schurwolle an, Strumpfhersteller haben welche mit extra angerauter Puschel-Innensohle entwickelt, und anatomisch geformte, links und rechts unterschiedliche Wandersocken für die Tour auf den Mont Blanc kann man beim Outdoor-Ausstatter kaufen.

Und dennoch: Wenn es richtig kalt wird, halten nur handgestrickte Socken die Füße wirklich warm. Da nützen auch kein Kunstpelzfutter im Stiefel (tritt sich platt) und keine Stepp-Wattierung (ebenso). Wahrscheinlich ist der Hauptgrund für die besondere Fußwärmer-Qualität handgestrickter Socken das Garn: Normale Sockenwolle besteht meistens zu 75 Prozent aus Schurwolle und zu 25 Prozent aus Polyamid. Weil zwischen den einzelnen Fasern jede Menge Luft steckt, wirkt das Gestrick schön isolierend. Die Körperwärme bleibt am Fuß und verschwindet nicht in die Umgebung. Wolle kann außerdem bis zu einem Drittel ihres Trockengewichts an Wasserdampf aufnehmen, ohne sich feucht anzufühlen. Und das ist gerade an den Füßen ein nicht zu unterschätzender Vorteil, weisen die Fußsohlen doch die größte Dichte an Schweißdrüsen am ganzen Körper auf (pro Quadratzentimeter rund 600 Stück!). Trägt man also geschlossene Schuhe, durch die die Feuchtigkeit kaum verdunsten kann, nimmt die Socke die Feuchtigkeit auf. Baumwollsocken können das zwar auch gut, fühlen sich aber auch gleich nasskalt und sehr unangenehm an. Kunstfasern nehmen gar keine Feuchtigkeit auf, so dass der Schweiß größtenteils am Fuß bleibt (hallo, Feinstrumpfhose!). Und aus feuchten Füßen werden ganz schnell kalte Füße. Weil gekaufte Wollsocken, auch wenn sie noch so puschelig aussehen, oft doch einen geringeren Wollanteil haben als solche aus normalem Sockengarn mit 75 Prozent Schurwolle, sind handgestrickte Socken allein darum deutlich wärmer. Am angenehmsten zu tragen sind Strümpfe aus reiner Wolle – aber die bekommen leider nur allzu schnell Löcher.

Handgestrickte Strümpfe sitzen, wenn sie von einer routinierten Sockenstrickerin gefertigt wurden, viel besser als gekaufte. Die Rippenbündchen sind schön elastisch, die Ferse hat genau die richtige Rundung, am Spann gibt es keine Falten, und am Zehenteil beult nichts aus. Handgestrickte Socken sind Maßanfertigungen, die den Fuß perfekt einhüllen und wärmen, zumindest wenn die Strickerin im gleichen Haushalt lebt wie derjenige, der die Socke später tragen soll, so dass er sie zwischendurch anprobieren kann.

Wahrscheinlich gibt es aber noch einen Grund, warum gestrickte Socken so viel besser wärmen: In jedem Paar stecken viele Stunden, die die Strickerin damit verbracht hat, jemand anderem (oder sich selbst) warme Füße zu verschaffen. Damit der künftige Träger sich wohlfühlt, vor Kälte geschützt ist, nicht krank wird, damit es ihm gut geht. Sie hat etwas hineingestrickt, das eine Maschine niemals könnte: warme, freundliche Gedanken. Und das ist wohl das wahre Geheimnis der handgestrickten Socke.

Weil wir es nicht müssen

So manche Strickerin, die auf den Geschmack gekommen ist, jede freie Stunde mit Wolle und Nadeln verbringt und kein Stricktreffen auslässt, wünscht sich insgeheim, davon leben zu können. Denn Stricken macht viel mehr Spaß als der Job in der Kanzlei, der Redaktion oder an der Kasse. Man könnte seine Zeit frei einteilen, im Sessel sitzend arbeiten und dabei den ganzen Tag selbstgestrickte Socken und Gesundheitslatschen tragen. Herrlich! Klingt verlockend, aber verliert nur allzu schnell seinen Reiz, wenn man ausrechnet, was dabei herausspringen würde: Handgestrickte Socken werden auf Weihnachtsmärkten und Internet-Marktplätzen wie Dawanda.de schon für 12 Euro je Paar angeboten. Auch eine geübte Strickerin braucht für zwei Socken in Größe 39/40 mindestens zehn Stunden. Zieht man die Materialkosten ab (Sockenwolle im Angebot, 100 Gramm für 6 Euro), ergibt sich ein Stundenlohn von 60 Cent. Um damit den Lebensunterhalt zu bestreiten oder auch nur samstags die Brötchen fürs Familienfrühstück zu bezahlen, muss eine Frau, egal ob jung oder alt, sehr lange stricken. Silvia Greiner beschreibt in ihrem Buch „Kulturphänomen Stricken", dass es im 18. und 19. Jahrhundert vor allem im Süden Deutschlands viele Familien gab, die vom Strümpfestricken lebten, aber oft unter verheerenden Bedingungen: Man strickte bis spätabends bei schlechter Beleuchtung, und die Kinder durften nicht zur Schule gehen, weil auch sie den ganzen Tag stricken mussten. Trotzdem verdienten diese Familien kaum genug zum Überleben. Darum gibt es seit etwa 1850 in Deutschland so gut wie niemanden mehr, der sich aufs Stricken als einzige Einkommensquelle verlässt.

Auch wenn es nur um die eigene Garderobe geht, hilft Stricken nicht beim Sparen: Pullover aus reiner Wolle mit Zopfmuster gibt es beim Klamottendiscounter schon für 25 Euro, Strickmützen mit Fleecefutter im Drogeriemarkt für 8 Euro. Zum Vergleich: Meine neue grüne Strickjacke aus handgefärbter Merinowolle hat allein an Material 78 Euro verschlungen. Hätte ich ein Standardgarn gewählt, lägen die Materialkosten zwischen 40 und 60 Euro. Sehen wir also der harten Wahrheit ins Auge: Stricken bringt, finanziell gesehen, überhaupt nichts. Hegt die Strickerin Vorlieben für besondere Garne, Anleitungen oder Bücher, zahlt sie sogar noch drauf. Natürlich könnte sie selbstgefärbte Garne und handgemachte Maschenmarkierer verkaufen oder sogar ein Wollgeschäft eröffnen und auf diese Weise Geld verdienen – aber dann bliebe ihr fürs Stricken selbst wahrscheinlich gar keine Zeit mehr.

Stricken ist heute ganz eindeutig ein Hobby, das wir zum Spaß betreiben. Niemand verlangt es von uns, niemand zwingt uns dazu. Die Zeiten, in denen Mädchen stricken lernen mussten, um Strümpfe für ihre Aussteuer herzustellen oder ihre Berufsaussichten als Dienstmägde zu verbessern, sind zum Glück ja auch längst vorbei. Die Pflicht, Mann und Kinder mit selbstgestrickten Socken und Nierenwärmern auszustatten, besteht nicht mehr. Wer strickt, tut dies heute aus völlig freien Stücken, und genau darin liegt der Reiz. Sicher, ab und zu gibt es da etwas, das man nur schwer im Laden findet, wie den wollenen Babystrampler oder die Handschuhe in der Farbe, die genau zum neuen Wintermantel passt. Aber auch dann ist Stricken kein Zwang mehr, sondern schafft ein paar angenehme Details für die Garderobe. Und ist ein Zuneigungsbeweis für diejenigen, die wir mit unseren Werken beschenken.

So unterscheidet sich Stricken auch von den Tätigkeiten, die man sonst im Haus ausüben kann oder muss: Anders als Putzen, Waschen, Staubsaugen, Essenmachen oder Müllrausbringen ist Stricken nicht zum Leben notwendig, sondern etwas, das wir uns gönnen. Damit wäre dann auch ganz nebenbei die Frage beantwortet, wie eine Frau mit toller Ausbildung, erfüllendem Job und eigener Meinung dazu kommt, in ihrer Freizeit zu stricken: Weil sie es nicht muss, sondern möchte. Sie könnte genauso gut Fußball spielen, Motorrad fahren, klettern oder Papierkraniche falten. Aber dann hätte sie nicht so viele schöne Pullover im Schrank.

Nebenbei geht einiges

Als mir einmal eine Strickerin erzählte, sie würde beim Stricken richtige Bücher lesen, glaubte ich ihr zuerst nicht. Wie sollte das gehen? Zunächst ganz praktisch gefragt: Wo soll das Buch hin, wo das Strickzeug? Leider hat die Evolution uns immer noch kein zweites Paar Hände beschert, das für solche Aktivitäten sicher nützlich wäre. Sie antwortete, sie habe eine „Leselotte", also ein Kissen, auf dem man das Buch festschnallen und in die gewünschte Position bringen kann. Das stellt sie einfach vor sich auf die Knie, aufs Sofa oder auf den Tisch und muss nur zum Umblättern eine Hand vom Strickzeug lösen. Mit einem Computer, E-Book-Lesegerät oder iPad geht das natürlich auch. Ich habe es dann auch einmal ausprobiert, als ich gerade eine fesselnde Lektüre am Wickel hatte, von der ich selbst beim Stricken keine Pause machen wollte. Und siehe da, es funktionierte! Mein Strickprojekt war zwar ein einfaches Tuch, bei dem ich nicht viel denken musste und auch nicht dauernd in die Anleitung zu gucken brauchte, aber ich habe wirklich gestaunt, dass diese zwei Tätigkeiten gleichzeitig möglich sind. Das menschliche Gehirn ist schon ein kleines Wunderwerk. Andererseits: Beim Klavierspielen liest man ja auch die Noten ab und führt gleichzeitig mehr oder minder komplexe Bewegungen mit den Händen aus. Vielleicht ist es also bloß eine Sache der Übung, bis man auch Komplizierteres beim Lesen stricken kann oder anspruchsvollere Bücher beim Stricken liest.

Mein Ehrgeiz in dieser Hinsicht hält sich aber in engen Grenzen. Stricken bedeutet für mich Freizeit, Feierabend und Entspannung, und darum gucke ich am liebsten Filme oder Fernsehserien nebenher. Sehr gerne solche aus dem Science-Fiction-Genre, die eigentlich fürs Stricken eher ungeeignet sind. So musste ich mir den neuen „Star Trek"-Film ungefähr fünfmal ansehen, bis ich ihn ganz verstanden hatte, weil ich bei wichtigen Actionszenen damit beschäftigt war, meine Maschen zu zählen oder eine Strickschrift zu lesen. Bei Filmen, die nicht gerade vor Dialogen strotzen, braucht man eigentlich ein Projekt, an dem man quasi blind weiterstricken könnte. Deutlich strickfreundlicher sind Musikfilme, weil man während der Songs auch mal einen Blick in die Anleitung werfen kann. Aber am allerliebsten schaue ich gleich mehrere Folgen einer Comedyserie hintereinander, denn witzige Wortwechsel sind auch dann unterhaltsam, wenn man dabei nicht jede Regung der Schauspieler auf dem Bildschirm verfolgen kann, weil eine verschränkte Masche gerade Aufmerksamkeit fordert. Vielleicht werde ich durchs Seriengucken nicht unbedingt gebildeter, aber ich habe meinen Spaß, und zwar in doppelter Hinsicht: Mein neues Tuch ist um mehrere Reihen größer geworden, und ich konnte ein paarmal von Herzen lachen.

Wenn es mal kein Film sein soll, kann man beim Stricken auch prima einem Hörbuch oder Podcast lauschen. Ich höre gerne Podcasts übers Stricken, von denen man im Internet schon jede Menge findet. Einziger Nachteil: Gleichzeitig zu stricken und dabei auch noch jemandem zuzuhören, der darüber plaudert, wirkt auf nicht-strickende Haushaltsmitglieder etwas extrem. Aber ich finde immer, so ein schöner Strick-Podcast motiviert ungemein und ist deshalb besonders für komplizierte Projekte geeignet, bei denen ich Zuspruch von anderen Strickerinnen gut gebrauchen kann. Auch wenn er nur virtuell ist.

Eines habe ich beim Stricken aber noch nicht hinbekommen, obwohl manche ausgerechnet deswegen damit anfangen: Meditieren. Klingt erst mal recht einleuchtend, denn beim Stricken wiederholt man fortwährend die gleichen Bewegungen oder das gleiche Muster. Ich kann mir gut vorstellen, dass man dabei in einen Rhythmus kommen kann, der mit der eigenen Atmung harmoniert. Sich auf den Atem zu konzentrieren ist der erste Schritt hin zur Meditation. Das Gehirn möchte einem zwar immer wieder andere Gedanken unterjubeln (an das Krisengespräch mit der Erzieherin, den bevorstehenden Wochenendeinkauf, den nächsten Abgabetermin), aber wer es eine Weile geübt hat, kann die Gedanken immer wieder auf den Atem und seinen Rhythmus zurücklenken. Viele Strickerinnen mögen den Vergleich schon nicht mehr hören, aber ja, eine gewisse Parallele zum Yoga ist schon da: Bei Abfolgen von Yoga-Übungen geben die Bewegungen den Rhythmus des Atmens vor, es ist also eine Art Körpermeditation. Analog dazu könnten beim Stricken die Maschen, die Rippen, die Umschläge den Rhythmus des Atems vorgeben. Ich glaube aber, dass das nur bei sehr einfachen Strickmustern funktionieren kann. Sobald es komplizierter wird, wandern die Gedanken ganz schnell zu Fragen wie: Gehört da jetzt wirklich ein Umschlag hin? Hab ich da nicht eine Abnahme vergessen? Soll ich jetzt ribbeln, oder kann ich das anders beheben? Und diese Farbe, die war vielleicht doch ein Fehler ... Oh nein, jetzt ist mein Faden verknotet! Dann purzelt auch noch das Wollknäuel durch die Gegend, die Nadel rutscht raus, und wo gehört eigentlich dieser Maschenmarkierer hin, vielleicht doch drei Maschen weiter rechts? – Und schon ist es vorbei mit der schönen Meditation. Aber einen Versuch ist es sicher wert.

Doch auch das Gegenteil von Entspannung scheint für manche Menschen mit Stricken kombinierbar zu sein: Ich habe schon von Leuten gehört, die beim Stricken berufliche Telefonate erledigen (mit Headset, damit man keinen steifen Nacken davon bekommt) oder ihre Nachtschichten und Bereitschaftsdienste zum Stricken nutzen. Mütter, die ja ohnehin Meisterinnen des Multitasking sind, können ein bisschen an ihrer Socke weiter-stricken, während die Kleinen auf dem Spielplatz zugange sind. Und wenn ein Kind angerannt kommt und einen Keks möchte, legt man die Stricknadeln eben schnell zur Seite. Ein Hobby, das man auch noch neben seinen Pflichten als Mutter ausüben kann – großartig! Als meine Tochter ein Baby war, habe ich sehr viel ge-strickt, während sie auf meinem Schoß lag und schlief. Als sie zum Krabbelkind wurde, war es mit der schönen Strickzeit aber leider vorbei: Erstens war mir das Risiko zu groß, dass sie in mein Strick-zeug greifen würde – was sowohl für ihre kleinen Hände als auch das Lochmustertuch auf meinen Nadeln hätte gefährlich werden können. Und zweitens war ich ohnehin die meiste Zeit damit be-schäftigt, hinter ihr herzuwuseln und sie vor anderen Gefahren im Haushalt zu beschützen. Mich ruhig hinzusetzen und zu stricken war in dieser Phase einfach nicht drin.

Mittlerweile sind meine Kinder größer, und wir haben schon einige gemütliche Nachmittage am Küchentisch verbracht: Die beiden beschäftigen sich dann sehr konzentriert mit Schere, Papier, Stiften und Klebstoff, während ich mit Wolle und Nadeln dasitze und ihre Werke lobe. So sind alle zufrieden und haben Spaß. Ganz nebenbei.

Unabhängigkeit

Wer strickt, schafft sich damit ein kleines Stück Freiheit. Ich meine die Freiheit, mich so zu kleiden, wie ich es für richtig halte, und nicht, wie die Modeindustrie es sich vorstellt. Keine Frage: Es gibt großartige Modedesigner, deren Sachen ich mir gerne anschaue. Die Farbkombinationen finde ich toll, viele Schnitte faszinierend. Die Mode-Dokumentationen, die letztes Jahr auf Arte liefen, habe ich alle geguckt, und ich bin nach wie vor untröstlich, dass die Sendung „Project Runway" (so eine Art Casting-Show für angehende Modedesigner) nicht im deutschen Fernsehen zu sehen ist. Ich finde Mode und wie sie gemacht wird unglaublich spannend. Doch ich betrachte sie meistens wie jemand, der im Museum eine absurde Installation aus Metallstühlen und Schreibmaschinen zwar interessant findet, sie sich aber trotzdem nicht ins eigene Wohnzimmer stellen würde.

Laufsteg-Klamotten sind, abgesehen davon, dass sie für die meisten von uns schlicht nicht ins Budget passen, für durchschnittlich gebaute Menschen im Alltag einfach nicht zu gebrauchen. Meine Winterjacke muss mich warm halten, keinen Schnee durchlassen und auch auf dem Fahrrad funktionieren. Darum kommt so ein schickes ärmelloses Cape als Wintermantel leider nicht in Frage, auch wenn es noch so angesagt ist und eine wirklich schöne Silhouette macht. Röcke oder Kleider trage ich nur im Sommer, weil ich eine extreme Abneigung gegen Strumpfhosen habe und nur bei weniger als zehn Grad minus bereit bin, welche unter meiner Jeans zu tragen (ich hasse es, wenn sich das Gummi in der Taille einrollt, und dieses komische enge Gefühl am Bein – nix für mich). Meine Lieblingsjeans habe ich vor rund fünf Jahren von einer klugen Verkäuferin empfohlen bekommen, nachdem ich sämtliche tiefgeschnittenen „Girl"-Modelle abgelehnt hatte: eine klassische Herrenjeans, in die meine durchaus weiblichen Formen perfekt hineinpassen. Seitdem ordere ich das gleiche Modell immer dann nach, wenn bei einem älteren Exemplar das Knie durchgescheuert ist, je nach aktuellem Gewicht mal mit etwas mehr, mal etwas weniger Bundweite. In meinen Schuhen möchte ich vor allem gut laufen können. Und sie selbst dann so schnell wie möglich wieder ausziehen und in meine Gesundheitslatschen schlüpfen.

Ich bin also absolut keine Kandidatin für Laufsteg-Mode und noch nicht einmal für einzelne Designerteile. Ich habe weder Lust, ständig Sachen in die Reinigung zu bringen, noch das Bedürfnis, mehrere Stunden pro Woche hinterm Bügelbrett zu stehen. Dass ich trotzdem bügeln muss, hat damit zu tun, dass meine kleine Tochter zurzeit nichts anderes anziehen möchte als Kleidchen (nur eine Phase, hoffentlich).

Das heißt aber überhaupt nicht, dass mir Klamotten egal sind, ganz im Gegenteil: Ich möchte Sachen tragen, in denen ich gut aussehe und mich wohlfühle. In denen ich nicht friere und nicht schwitzen muss, die nicht kneifen, drücken, scheuern oder Blasen verursachen. In denen das Bild, das ich im Spiegel sehe, soweit es irgend geht, dem Bild entspricht, das ich von mir selbst im Kopf habe.

Mittlerweile habe ich das Gefühl, dass mir das ganz gut gelingt – auch weil ich mir das Tuch, das ich gerne zu meiner Winterjacke tragen möchte, genau in der Farbe stricken kann, die zu mir und der Jacke passt. Ich muss meine Samstagvormittage nicht damit verbringen, in überfüllten Klamottenläden bei nerviger Musik nach dem Teil zu suchen, das mir gerade fehlt. Wenn ich eine hellgraue Strickjacke mit neonpinken Streifen haben möchte, dann mache ich mir eine selbst. Ich muss nicht darauf warten, dass Modedesigner, die mich und mein Leben nicht kennen, Sachen entwerfen, die mir gut stehen und in denen ich mich mag. Weil ich sie mir selbst stricken kann.

Aber das Allerschönste ist: Was ich mir stricke, passt. Die Ärmel haben genau die richtige Länge (bei gekauften Pullovern sind sie mir ausnahmslos zu lang), und ich muss nicht mehr wählen zwischen einer kleineren Größe, die an den Schultern gut sitzt, aber über der Hüfte spannt, und einer, die an den Hüften gut passt, aber oberhalb der Taille schlackert wie ein Zelt. Die Pullover, die ich mir selbst mache, haben eben ein paar mehr Zunahmen in Richtung Hüfte, und schon passen sie. Und meinem Mann, der sich mit 1,99 Metern Körperlänge jenseits jeder Konfektionsgröße bewegt, habe ich einen Pullover gestrickt, bei dem die Ärmel endlich mal nicht zu kurz sind. (Ja, nur einen. Ich weiß, eigentlich sollte ich ihm noch ein paar mehr Pullis machen. Aber so ein Kleidungsstück für einen Zwei-Meter-Mann ist auch für eine Extremstrickerin ein Riesenprojekt, und ich habe großen Respekt davor).

Ich stricke, also kann ich Trends, die mir nicht stehen, und Modefarben, die mich krank aussehen lassen, getrost ignorieren.

Ich stricke, also entscheide ich selbst, was in meinem Kleiderschrank Platz findet. Ich stricke, also ziehe ich an, was mir gefällt.

Der wunderschöne Wollvorrat

Vor gar nicht allzu langer Zeit wäre ich überhaupt nicht auf die Idee gekommen, Strickgarn zu horten. Wenn ich etwas stricken wollte, dann suchte ich mir ein Modell aus, kaufte die passende Wolle im Laden und strickte, bis das Ding fertig war. Was an Garn übrig blieb, kam in eine Restekiste, aber das konnte man nun wirklich nicht Vorrat nennen. Erst als wir für ein Jahr nach Chile zogen, wollte ich ein bisschen vorsorgen und kaufte eine ganze Plastiktüte voll Merino-Superwash-Garn in verschiedenen, aufeinander abgestimmten Farben. Daraus wollte ich Sachen für das Baby stricken, das ich erwartete. Und das tat ich auch: Am Ende des Jahres hatte mein kleiner Sohn reichlich Strampelanzüge, Pullis, Mützen und Jäckchen, und die Tüte war leer. In dieser Zeit fing ich auch an, Strickblogs zu lesen, und wunderte mich, warum manche Strickerinnen offenbar Probleme hatten, ihren Wollvorrat zu Hause unterzubringen. Von Wollschränken war die Rede, von Kisten, Tonnen oder ganzen Zimmern. Von Tricks, wie man Wolle unauffällig in Kleidungsstücken versteckt, ohne dass der Rest der Familie etwas davon bemerkt.

Zurück in Hamburg, musste ich voller Gram feststellen, dass mein Lieblings-Wollgeschäft dichtgemacht hatte und man sich in dem Laden jetzt einen Satz künstliche Fingernägel mit Glitzersteinchen verpassen lassen konnte. Ich war erschüttert und ging im Internet auf die Suche: Möglichst feines Wollgarn suchte ich, ohne Polyamid-Beimischung, denn ich wollte für mein Kind eine Jacke aus einem Strickheft aus den 50er Jahren machen, und damals waren 2-mm-Stricknadeln und entsprechend dünnes Garn selbst für Herrenpullover und ganze Damenkleider Standard. Ich fand handgefärbte Garne in tollen Farben und kaufte erst einmal ein paar Stränge zum Ausprobieren. Als ich mehr wollte, merkte ich, dass die schöne handgefärbte Wolle gar nicht immer zu haben war. Und dass sie, sobald im Online-Shop vorhanden, immer ratzfatz weggekauft wurde. Das Argument, dass man ja jederzeit, wenn man einen neuen Pulli oder ein neues Paar Socken stricken wollte, die passende Wolle kaufen konnte und deshalb kein Garn zu horten brauchte, galt hier nicht. Also kaufte ich auf Vorrat, wann immer ich an die Wolle kam. Meine bunte Wollauswahl passte bald nicht mehr in das kleine Plastikaquarium, das in dem Regal über meinem Schreibtisch stand. Und mit einem Mal fand ich es gar nicht mehr merkwürdig, sondern schön, einen Wollvorrat zu haben. Schließlich kann man nicht wissen, ob einen nicht schon morgen die Lust packt, einen Männerpulli aus dickem Garn anzuschlagen oder vielleicht doch lieber einen zarten Schal für kühle Sommerabende. So war das große Schubfach unter meinem Bett bald mit Schafsduft verströmender rustikaler Wolle gefüllt, die ich mir von einer Spinnerei in Montana hatte schicken lassen, weil ein Strickblogger aus New York so davon geschwärmt hatte. Seide mit Algenfaser, Merino mit Kaschmir und Lacegarn in leuchtenden Farben trafen päckchenweise bei mir zuhause ein. Und es war jedes Mal ein kleines Fest für mich.

Ich fing an, meinen Kleiderschrank systematisch auszumisten, um mehr Platz für meinen stetig wachsenden Wollvorrat zu schaffen. Bei unserem Umzug in eine größere Wohnung freuten sich die Muskelmänner vom Transportunternehmen über drei federleichte Riesenkartons, die mit „Martinas Wolle" beschriftet waren. In der neuen, größeren Wohnung war ein ganzes Expedit-Regal nur für mein Strickgarn reserviert. Und ja, es ist eine ganze Menge geworden. Um das Garn, das ich jetzt habe, komplett zu verstricken, bräuchte ich bei meinem jetzigen Tempo sicher an die zehn Jahre. Oder mehr. Manche Strickerinnen haben so viel Wolle angehäuft, dass sie sie während ihrer gesamten Lebenszeit nicht verstricken könnten – ein Zustand, für den englisch sprechende Strickerinnen die Abkürzung „SABLE" erfunden haben („Stash Acquisition Beyond Life Expectancy").

Bin ich also eine obsessive Sammlerin geworden, die regelmäßig dem Kaufrausch erliegt? Hm. Ich glaube nicht, trotz allem. Mittlerweile weiß ich genau, dass ich Baumwoll- und Seidengarne nicht wirklich mag und dass ich in den meisten Grüntönen wie ein Vampir bei Tageslicht aussehe. Solche Fehlkäufe habe ich inzwischen verschenkt oder weiterverkauft. Ich weiß jetzt viel besser, mit welchen Garnen ich am liebsten arbeite, und bestelle darum gezielter und weniger als noch vor ein paar Jahren.

Aber manchmal kaufe ich mir immer noch Wolle einfach nur, um sie auszuprobieren, oder weil mir die Farbe noch in meiner Sammlung fehlt. Und ich finde gar nicht, dass ich deswegen ein schlechtes Gewissen haben müsste. Stricken ist meine Leidenschaft, etwas, das mir Spaß macht, das mich entspannt und meinen offenbar vorhandenen Schaffensdrang befriedigt. Und jetzt kommt ein Argument, das schon andere Strickerinnen oft gebraucht haben: So wie ein Maler eine Batterie an Farben, Stiften und Pinseln hat, ein Tischler viele verschiedene Hölzer und Werkzeuge, ein Koch ein ganzes Arsenal an Gewürzen, so habe ich nun mal 160 Stränge Sockenwolle in allen Farben. Im Grunde ist es das Gleiche, mit dem feinen Unterschied, dass der Koch und der Maler sich nie die Frage gefallen lassen müssen, wann sie denn gedenken, all ihre Vorräte endlich mal aufzubrauchen. Ich empfinde meinen Wollvorrat als Voraussetzung dafür, kreativ zu sein. Denn sollte mir an einem Sonntagabend, wenn alle Wollgeschäfte geschlossen haben, plötzlich einfallen, dass ich genau jetzt eine buntgestreifte Mütze für meinen Sohn anfangen möchte, brauche ich bloß an mein Wollregal zu gehen und ein bisschen herumzuwühlen. Nichts ist schöner und aufregender als das!

Auch wenn meine Farbsammlung nahezu komplett ist, finde ich es toll, in den Regalen meines Lieblings-Wollgeschäfts zu stöbern, Alpaka und Mohair zu streicheln, Farben nebeneinanderzuhalten und mir dabei die schönste Mütze im Norwegerstil auszumalen. Wenn mir etwas gefällt, kaufe ich es, auch wenn ich noch nicht weiß, wofür ich es brauchen werde.

Indem ich weiter Wolle sammle, erweitere ich aber nicht nur meinen Vorrat: Mit dem dicken Strang feiner Lace-Wolle kaufe ich mir viel mehr als nur einen Haufen Garn. Ich kaufe mir die Hoffnung, dass ich eines Tages die Zeit haben werde, ihn zu verstricken. Die Wolle ist gewissermaßen ein Gutschein für viele Stunden, die ich mit etwas verbringen werde, das mir Freude macht. Stunden, in denen ich nicht die Spülmaschine ausräumen, Wäsche falten, Müslireste vom Frühstück entsorgen oder den Müll rausbringen muss. Stunden, in denen keiner was von mir will und mich niemand kritisiert. Stunden, in denen ich keine Termine habe und nirgends hinfahren muss. Stunden, in denen ich einfach nur dasitze, stricke und mit mir zufrieden bin. Wolle zu kaufen bedeutet für mich, mir selbst die Hoffnung auf genau solche Stunden zu schenken. Und mein großer Wollvorrat steht dafür, dass diese Stunden noch kommen werden. Eines Tages.

Ein eindeutiges Feindbild

Nichts ruft bei einer Strickerin solche Wut und solche Ohnmachtsgefühle hervor wie Mottenfraß im Wollvorrat oder schlimmer
noch: in den fertig gestrickten Kunstwerken. Ich weiß, wovon ich
spreche. Ich hatte welche. Und ja, sie haben auch meinen Schatz
aus handgefärbten Garnen angefressen und angefangene Projekte
zerstört. Ich war stinksauer.

Aber von vorn: Wir wohnten in einer wunderschönen Alt-
bauwohnung im Hamburger Schanzenviertel. Stuckdecken, Pitch-
pine-Dielen, ein Traum. Aber auch ein Traum für allerlei Getier:
In den Ritzen und Ecken tummelten sich Silberfischchen, und ich
erinnere mich nur sehr ungern an einen Vorfall mit Lebensmittel-
motten (bitte nicht fragen, mir wird heute noch schlecht). Hätte
ich eigentlich von selbst draufkommen müssen, dass in so einem
Umfeld auch mal die eine oder andere Kleidermotte unterwegs
ist, auf der Suche nach einem behaglichen Platz für die Eiablage.
Trotzdem hatte ich im Wohnzimmer ein naturgegerbtes Schaffell
als Teppich liegen, und meine bunte Sockenwolle lagerte in einem
oben offenen Plastikaquarium im Regal. Auf diese Weise hatte
ich sie immer vor Augen, und sie war ein schöner Farbtupfer in
meinem kleinen Bürozimmer.

Und so hängte ich, ganz unbedarft, eine dunkelbraune
Herbst-Wollfleece-Jacke, ohne sie vorher zur Reinigung zu brin-
gen oder sie zu waschen (großer Fehler!), für den Winter in den
Schrank. Im Frühjahr dann klaffte in der linken vorderen Tasche

dieser Jacke ein großes Fraßloch. Statt Wolle waren da nur noch Brösel. Ein Papiertaschentuch, mit dem ich meinem Sohn irgendwann den Mund abgewischt hatte und an dem noch Kekskrümel klebten, hatte wohl eine Mottenmutter angelockt. Und ihre Babys, also gefräßige Mottenraupen, hatten in meinem Kleiderschrank reichlich Nahrung gefunden. Dem Schrank, in dem ich auch Wolle aufbewahrt hatte, darunter ein angefangenes Spitzentuch aus rosenrotem Lacegarn. In einer offenen Ziploc-Tüte, denn das Knäuel war so groß, dass die Tüte nicht zuging (zum Glück gibt es mittlerweile verschließbare Plastiktüten, in denen 800 Gramm Pulliwolle Platz haben – das nenne ich Fortschritt!). Mein angefangenes Lacetuch war von den Biestern zerfressen. Handtellergroße Löcher klafften darin. Unrettbar. Ich war wütend, ich fühlte mich ohnmächtig angesichts dieser sinnlosen Zerstörung. Ich empfand plötzlich eine tiefe Bewunderung dafür und großes Staunen darüber, wie weit es die Menschheit doch gebracht hat, was sie alles erschaffen, gebaut und gestrickt hat, obwohl die Kräfte der Natur ständig versuchen, ihre Werke umzupusten, durch Fäulnis zu zersetzen oder sie ganz einfach aufzufressen.

Ich weinte kurz. Nahm Abschied. Dann zog ich die Stricknadel heraus und steckte das Tuch mit dem dazugehörigen Knäuel in einen großen Müllsack. Und die Wollfleece-Jacke und die Schaffelle auch. Ein Schauer lief mir über den Rücken, als mir einfiel, dass die Mottenraupen auch im Klavier Schaden angerichtet haben könnten: Immerhin ist ja jedes einzelne Tastenhämmerchen mit Wollfilz bezogen. Zum Glück waren die Motten aber nicht dorthin vorgedrungen (obwohl ein mottenbewohntes Schaffell direkt vor dem Klavier gelegen hatte). Sicherheitshalber besprühte ich jedes Filzhämmerchen mit Lavendelöl. Und das Sofa auch. Ich räumte den gesamten Kleiderschrank aus. Die Wollstränge, die ich bereits zu Knäueln gespult hatte, wickelte ich wieder auf die Haspel, so dass ich den Schaden begutachten und die Stränge anschließend waschen konnte. Drei Stränge Sockenwolle waren angefressen. Und aus einem der Knäuel purzelte mir tatsächlich eine lebendige Mottenmade entgegen. (Sollte jemand auf die Idee kommen, einen Horrorfilm für Strickerinnen zu drehen, wäre dies die perfekte Schlüsselszene.) Ich recherchierte tagelang, wie man die Biester zuverlässig loswird, und entwickelte einen sehr effektiven Anti-Motten-Plan. Seit ich mich daran halte, sind sie nicht wiedergekommen. Ich klopfe auf Holz. Und genieße meinen Triumph.

Nimm das, Motte!

- Alles gründlich untersuchen, dafür bereits gewickelte Knäuel am besten wieder in Strangform bringen. Sollten Mottenschäden sichtbar sein (durchgefressene Fäden mit ausgefransten Enden), gibt es zwei Möglichkeiten, verbleibende Eier und Larven abzutöten: Bei Garnen mit Superwash-Ausrüstung die Stränge in die mit lauwarmem Wasser gefüllte Badewanne legen. Langsam immer wärmeres Wasser dazulaufen lassen, bis die Wassertemperatur ungefähr 60 Grad erreicht hat, die

Wolle aber möglichst nicht bewegen. Wer einen Umluft-Backofen hat, kann die Stränge für etwa eine Stunde bei 70 bis 80 Grad hineinlegen.

- Sämtliche Kleidungsstücke aus dem betroffenen Schrank oder Zimmer (eventuell sogar aus der ganzen Wohnung) möglichst warm waschen oder in die Reinigung bringen. In Kleidern verbliebener Körpergeruch zieht Motten an.

- Schränke, Schubladen und Ecken gründlich mit dem Staubsauger aussaugen und mit einem Lappen nachwischen, den man mit einer Wasser-Essig-Mischung getränkt hat.

- Wer auf Nummer sicher gehen will, kann die Motten mit ihren natürlichen Feinden bekämpfen: Die millimeterkleinen Larven der Schlupfwespe Trichogramma evanescens ernähren sich von Motteneiern, sind für den Menschen (und die Wolle!) harmlos und zerfallen, nachdem sie geschlüpft sind und ein paar Tage auf der Welt waren, zu Staub. Während sie im Einsatz sind, darf man keine anderen Mottenbekämpfungsmittel verwenden, denn die würden den Schlupfwespen ebenfalls schaden. Karten mit Schlupfwespeneiern zur Ansiedlung dieser Nützlinge bekommt man zum Beispiel beim Internetkaufhaus Amazon.

- Was leider nicht wirklich hilft, ist, die befallenen Knäuel oder Kleidungsstücke in die Tiefkühltruhe zu stecken. Das tötet nur schon geschlüpfte Mottenraupen, aber nicht unbedingt die Eier! Ebenso wenig wird man Motten mit den Klebefallen aus dem Drogeriemarkt los. Diese dienen nur dazu, festzustellen, ob überhaupt ein Mottenbefall vorliegt.

- Wolle nur in verschließbaren Plastiktüten oder -dosen lagern, garniert mit Blättchen von dem grünen Anti-Motten-Papier aus dem Drogeriemarkt. Wer es natürlicher mag, kann auch Zedernholzstücke oder mit Zedernöl getränkte Tücher benutzen.

- Im Frühjahr alle Wollsachen (auch Mützen, Handschuhe etc.) waschen, bevor man sie für den Sommer wegpackt. Denn Körpergeruch, auch wenn er für uns nicht wahrnehmbar ist, zieht Motten auf der Suche nach Plätzen für die Eiablage an.

- Aus dem gleichen Grund kommen Wintermäntel und -jacken im Frühjahr in die Reinigung, bevor sie, mit grünem Anti-Mottenpapier versehen, in den Schrank dürfen.

- Im Sommer lagern meine handgestrickten, gewaschenen Pullis, Tücher und Mützen ebenfalls in verschließbaren Plastiktüten in meinem Kleiderschrank (richtig schön große Tüten gibt es zum Beispiel bei Ikea).

Endlich Winter

Ich wohne in Hamburg. Ich liebe diese Stadt, ich liebe das Wetter hier, den frischen Wind, das kühle Klima. Das geht aber längst nicht jedem so: Viele Zugezogene klagen über den Regen, der uns hier genauso oft überrascht wie die grelle, tief stehende norddeutsche Sonne (darum sollte man hier, egal zu welcher Jahreszeit, immer eine Sonnenbrille und einen Klapp-Regenschirm dabeihaben). Die einzigen Menschen, ob hier im Norden geboren oder nicht, die ich noch nie über zu kaltes oder nasses Wetter habe jammern hören, sind Strickerinnen. Denn für uns beginnt die schönste Jahreszeit, wenn es stürmt, nieselt und schneit. Dann können all unsere bunten Schals, Tücher, Mützen und kunstvoll gestrickten Fingerhandschuhe ihre Dienste tun. Und es gibt auch wieder mehr zu gucken auf den Straßen: Wie ist denn diese Mütze da gearbeitet? Und so ein Schal, ja, den könnte ich auch mal machen. Das Tuch, das die Frau da hinten trägt, ist das handgestrickt? Kommt mir irgendwie bekannt vor, muss mal näher rangehen ... Einige Strickerinnen zücken ganz unverblümt ihre Handy-Kamera, wenn sie jemanden sehen, der etwas Interessantes aus Wolle trägt, um sich später davon inspirieren zu lassen.

Die für den Sommer in Ziploc-Tüten verstauten Pullover kommen nun wieder zum Einsatz, und die Lust auf neue, extrawarme Wollsachen wächst. Im Sommer, bei 35 Grad im Schatten (ja, auch das kommt in Hamburg mal vor) vergeht nämlich auch der tapfersten Strickerin die Lust auf einen großen Haufen Merinowolle auf dem Schoß. Aber wenn der Winter dann da ist, gibt es kaum etwas Schöneres. Die Zeit des Socken- und Kleinteilestrickens ist vorbei, jetzt dürfen wieder Pullis, Jacken oder sogar voluminöse Wolldecken auf die Nadeln. Es wird zum Glück so früh dunkel, dass man nicht mehr bis abends um acht draußen Unkraut jäten oder den Grill schrubben kann. Schon am späten Nachmittag wird es kuschelig: Kerzenlicht, Tasse Tee, Sofa, Strickzeug. Ganz wie im Bilderbuch, beruhigend, einfach und schön. Das finden übrigens auch die Leute, die gar nicht selbst stricken. Viele Männer berichten, dass es für sie der Inbegriff der Gemütlichkeit ist, ihrer Partnerin beim Stricken zuzusehen, dem leisen Klappern der Nadeln zu lauschen und die kalte Welt da draußen komplett zu vergessen. Vielleicht, weil sie es als Kinder so bei ihren Müttern oder Großmüttern erlebt haben.

Sobald es kühler wird, kann ich auch alle 14 Tage statt nur einmal im Monat zur „KnitNight" in mein liebstes Wollgeschäft („Mylys" in Hamburg) gehen. Die Regale sind dann gut mit den neuen Garnkollektionen gefüllt, und es ist eine Freude, all das zu begucken und zu befühlen. Im Wollgeschäft tummeln sich Leute, die „jetzt wieder anfangen" wollen mit dem Stricken, weil die Frauenzeitschriften gerade alle ein Strick-Special im Heft hatten. In den internationalen Strickzeitschriften findet man jetzt anständige Pullover und großzügige Strickjacken und nicht irgendwelche lächerlichen Sommertops aus Baumwollgarn mit Lochmuster. Kurzum: Für Strickerinnen ist der Winter ein Fest, das im besten Fall sechs Monate dauert.

Wenn dann das Frühjahr wiederkommt, packen wir Mohair und Alpaka weg, genießen die Sonne – und freuen uns schon auf den nächsten Kälteeinbruch.

Weihnachten

Die Vorweihnachtszeit ist für viele Strickerinnen die Rushhour des Jahres. Denn Wollenes hat Saison, alle klagen über kalte Ohren und Finger, und wenn sich einmal herumgesprochen hat, dass jemand „sowieso immer strickt", sinkt auch im Bekanntenkreis die Hemmschwelle, sich ein Paar Fäustlinge, einen Schal oder eine Mütze zum Fest zu wünschen. Damit die gestrickten Geschenke auf beiden Seiten Freude und keinen Frust auslösen, sollte man zuvor ein paar Kleinigkeiten beherzigen:

1. Empfänger sorgfältig auswählen.

Je näher die zu Beschenkenden uns stehen und je besser wir sie kennen, desto eher kommen sie für ein selbst gestricktes Geschenk in Frage. Denn nur dann können wir auch einschätzen, ob sie eher mit Handschuhen, einer Mütze oder einem Paar Socken glücklich wären, welche Farben sie mögen oder ob sie lieber Wolle oder Seide tragen. Je besser die zu Beschenkenden uns kennen, desto eher wissen sie auch, welchen Aufwand das Stricken bedeutet und was für ein großer Zuneigungsbeweis so ein Weihnachtsgeschenk ist. Und genau überlegen: Würde der- oder diejenige sich von so einem Geschenk eventuell überfordert fühlen, es unangemessen persönlich finden? Also vielleicht die Klavierlehrerin und den Postboten lieber von der Liste streichen. Je weniger Menschen wir mit selbstgestrickten Geschenken beglücken wollen, desto geringer ist außerdem die

Wahrscheinlichkeit, deswegen kurz vor den Feiertagen noch in Stress zu geraten.

2. Einen großzügigen Zeitplan aufstellen.

Ganz wichtig: Rechtzeitig anfangen. Die Liste der Empfänger sollte am besten schon im Sommer stehen. Und je nachdem, ob Pullover (Riesenprojekt), Socken (auch nicht gerade klein, bedenkt man die Anzahl der zu strickenden Maschen) oder Mützen (kleines Projekt) geplant sind, kann man einen groben Zeitplan für die Wochen bis Dezember aufstellen. Jede Strickerin weiß selbst am besten, wie viel Zeit sie für welche Art Geschenk brauchen wird. Auch wichtig: Puffer einplanen! Kranke Kinder oder Verwandte, unvorhergesehener Stress im Job oder auch die plötzliche Lust, das tolle Tuch aus der neuesten Knitty zu stricken, können einem da einiges durcheinanderwerfen. Wenn es geht, also zwischendrin auch Zeit für Projekte einplanen, die man für sich selbst und nur zum Spaß strickt.

3. Klein anfangen.

Für Menschen, die zum ersten Mal etwas selbst Gestricktes bekommen, sollten wir kleine, nicht zu aufwändige Projekte wählen – dann tut es nicht so weh, wenn das Geschenk nicht so geschätzt wird, wie wir es uns wünschen. Sollte die tolle Zopfmütze aber Begeisterungsstürme auslösen, kann die Beschenkte im nächsten Jahr auf ein Bolerojäckchen oder ein mittelgroßes Schultertuch hoffen.

4. Passende Projekte wählen.

Eine wunderschöne Mütze, ja – aber leider mag die Beschenkte die Farbe nicht? Damit so etwas nicht passiert, lieber beim nächsten Treffen mit der Schwägerin noch mal schauen, ob sie einen hellgrauen oder knallroten Wintermantel trägt, ob ihre Lieblingsstrickjacke grasgrün oder dunkellila ist, und die Farbwahl davon abhängig machen. Mag sie verspielte Sachen? Dann wären aufwändige Lochmuster oder bunte Bordüren vielleicht das Richtige. Oder steht sie auf den schlichten, klassischen Look? Dann lieber einfache Rippen oder grafische Muster. Wenn es nicht unbedingt eine Überraschung sein muss und wir den Geschmack des Empfängers nicht so genau kennen, ist es vielleicht sogar eine gute Idee, die Anleitung für das Weihnachtsgeschenk bei einer Tasse Tee gemeinsam auszuwählen.

5. Das richtige Garn aussuchen.

Je besser das Garn, desto mehr Spaß macht das Stricken. Das sollten wir auch bei Geschenken beherzigen – zumal auch das Ergebnis mehr hermacht und die Wahrscheinlichkeit steigt, dass der oder die Beschenkte es schön findet. Wenn der Empfänger partout keine Wolle mag und sich ein Tuch aus Baumwoll-Seiden-Gemisch wünscht, ist das in Ordnung – aber nur, wenn die Strickerin auch gerne mit so einem Garn strickt! Wer mit Baumwollgarnen nicht so gerne arbeitet, sollte auch bei Geschenken die Finger davon lassen und dem Wollallergiker lieber ein Buch schenken. Daran haben dann beide Seiten wahrscheinlich mehr Freude.

6. Einen Plan B haben.

Sollten drei Tage vor Weihnachten noch zwei Paar Socken, drei Mützen, anderthalb große Schultertücher und ein halber Ärmel zu stricken sein, damit alle Geschenke pünktlich auf dem Gabentisch liegen, ist es an der Zeit, sich einzugestehen: In diesem Jahr wird das leider nichts mehr. Dann ist es gut, eine Liste mit Ersatzgeschenken parat zu haben, die man in Geschäften vor Ort noch auf den letzten Drücker besorgen kann (für Online-Bestellungen ist es ja zu spät!).

7. Nicht zu viel Begeisterung erwarten.

Der große Tag ist da, alle Geschenke liegen hübsch verpackt unterm Weihnachtsbaum – und dann freut sich die Nichte viel mehr über den Musikdownload-Gutschein, den ihr Freund ihr in letzter Minute im Drogeriemarkt gekauft hat, als über das stylische Halstuch, an dem wir anderthalb Wochen gestrickt haben. Davon sollte sich keine Strickerin das Fest vermiesen lassen! Wahrscheinlich merkt die Nichte erst an einem verschneiten Tag im Februar, dass die Songs viel besser klingen, wenn man dabei einen warmen Hals hat.

Zwei gesunde Hände

Als ich in der dritten Klasse war, trugen alle Mädchen rundgestrickte Mützen mit einem kleinen Rollrand, von denen oben Pompons an langen, geknüpften Schnüren herabhingen. Ich bin nicht sicher, ob irgendeine handarbeitende Großmutter diesen Trend verursacht hatte, jedenfalls gab es diese Mützen nicht zu kaufen. Man musste sie selber machen oder geschenkt bekommen. Da ich damals über einen blauen, kraus-rechts gestrickten Schal für meine Puppe Christina noch nicht hinausgekommen war, bettelte ich meine Mutter so lange an, bis sie einwilligte, mir so eine Mütze zu stricken.

Mir war nicht wirklich klar, was für einer Herausforderung sie sich damit stellte. Denn meine Mutter, Jahrgang 1948, ist mit vier Jahren an Kinderlähmung erkrankt. Zu dieser Zeit gab es noch keine Schluckimpfung dagegen. Meine Mutter lag über Wochen allein im Hamburger Universitätsklinikum, das 50 Kilometer vom elterlichen Bauernhof entfernt war. Sie hat es gut überstanden, aber mit deutlich sichtbaren Spuren: Ihr linker Arm ist dünner als der rechte, die Muskeln von Arm und Hand schwach, die Finger immer nach innen gekrümmt und nicht voll beweglich. Im Sportunterricht konnte sie deswegen weder einen Ball fangen noch an Ringen turnen. Es fällt ihr schwer, eine Pfanne mit der linken Hand hochzuheben, eine Kartoffel beim Schälen festzuhalten oder einem zappelnden Baby die Windel zuzumachen.

Als ich klein war, bekam ich davon kaum etwas mit. Ich kannte meine Mutter nur so, und sie tat ja, was alle anderen Mütter auch taten, nur ein bisschen langsamer. Von den Schwierigkeiten, die sie im Alltag hatte, und was sie leistete, um sie zu überwinden, merkte ich damals nichts. Sie hatte den Ehrgeiz, alles genauso gut hinzubekommen wie alle anderen, sie wollte keine Sonderbehandlung und hat sich darum auch nie beklagt. Dabei hätte sie allen Grund dazu gehabt: Meine Mutter konnte zum Beispiel nie lernen, Flöte zu spielen oder mit der Schreibmaschine zu schreiben. Während der 50er und 60er Jahre, als sie zur Schule ging, erwartete man von einem Mädchen ganz selbstverständlich, dass es sticken, stricken, häkeln und nähen sollte. Diese Anforderungen konnte sie nur zum Teil erfüllen – der Nähmaschine sei Dank.

Vieles, das anderen Spaß bereitet, bleibt für meine Mutter bis heute schwierig. Der eine Abend im Jahr, an dem die Eltern sich im Kindergarten trafen, um Laternen zu basteln, war für sie kein Vergnügen. Sie ging trotzdem hin. Zum Glück gab es immer andere Mütter, die ihr beim Ausschneiden und Zusammenkleben halfen. Jeder hätte es verstanden, wenn sie meinem Bruder und mir stattdessen einfach Papierlaternen im Schreibwarenladen gekauft hätte. Aber (typisch Mama!) das wollte sie natürlich nicht.

Und so strickte meine Mutter mir meine Mütze. Das war für sie nicht gerade entspannend. Im Gegenteil: Sie konnte das Garn nicht über den linken Zeigefinger laufen lassen, weil der sich gar nicht richtig strecken ließ, und die Nadel rutschte ihr ständig aus der Hand. Darum war jede Masche eine mühsame Prozedur. Sie strickte dennoch jeden Abend, immer rundherum, ganz langsam, ich weiß nicht mehr, wie viele Wochen lang. Heute erzählt sie, dass sie es trotzdem gern gemacht hat. Weil sie wusste, wie sehr ich mich darüber freuen würde. Irgendwann war die blaue Mütze mit dem extralangen Bommel fertig. Ich hab sie gerne getragen und bin meiner Mutter bis heute dankbar. Aber ich habe sie nie mehr gebeten, mir etwas zu stricken.

Ich ließ mir von meiner Oma zeigen, wie man Socken strickt, und bald hatte ich auch meinen ersten Pullover auf den Nadeln. Und wenn meine Mutter sich heute etwas Handgestricktes wünscht, dann bekommt sie es von mir: Socken, Mützen, Schals und Schultertücher, so viele sie möchte. Das ist Ehrensache. Und wenn Vorhänge umgesäumt werden müssen, lässt sie für mich die Nähmaschine schnurren.

Keine Geduld
für die Nähmaschine

Meine Mutter näht also. Nicht nur Vorhänge, auch Kinderkleidchen, Werkzeughüllen, Kissenbezüge, Kochschürzen. Lauter nützliche, schöne Sachen. Ihre Nähmaschine steht in einem eigens dafür vorgesehenen Zimmerchen, in dem sie Stoffe, Nähbücher, Knöpfe, Spitzen, Zackenlitze, Gummibänder und ein ganzes Arsenal an Garnrollen gesammelt hat. Kaputte Hosenbeine hat sie geflickt und ganze Karnevalskostüme selbst genäht. Für eines habe ich als Kind beim Faschingsfest des lokalen Sportvereins sogar einen Preis gewonnen. Als ich von zuhause auszog, hatte ich immer das Gefühl, dass mir etwas fehlte in meiner Studentenbude, so ganz ohne Nähmaschine, Ersatzgummibänder und einer Auswahl an Druckknöpfen. Ich träumte im Stillen davon, mir schicke Röcke selbst zu nähen, die sonst keiner hatte, und später eine gut sitzende Hose oder einen maßgefertigten Blazer.

Also wünschte ich mir nach ein paar Jahren, als der Platz in der Wohnung nach mehreren Umzügen endlich auch für eine Nähmaschine reichte, ein solches Wunderding. Und bekam die generalüberholte Pfaff 360 aus den frühen 50er Jahren, die meine Oma nun nicht mehr brauchte. Sie ist aus dunkelgrau emailliertem Metall und wiegt bestimmt 15 Kilo. Ein Qualitätsprodukt, zwar nicht computergesteuert mit Stickautomatik wie die Maschinen, die man heute kaufen kann, aber ein solides Stück Technik, das nicht allzu schwer zu bedienen sein sollte. Dachte ich. Denn ich konnte ja auch mit Computern und Stichsägen umgehen und kannte mich als Strickerin mit Textilien aus. Aber ich hatte mich gründlich getäuscht.

Meine ersten Versuche, für unsere neue Wohnung Vorhänge auf das passende Maß zu bringen, scheiterten kläglich: Bis ich Garn aufgespult, die richtige Nadel eingebaut und die Fadenspannung so eingestellt hatte, dass nicht ständig auf einer Seite des Stoffs ein Riesengewirr an Garnschlaufen herunterhing, waren mehrere Stunden vergangen. Und ich frustriert. Ich hatte mir immer vorgestellt, dass Nähen die zeitsparendere Methode ist, Kleider selbst zu machen. Immerhin ist ja die Substanz, der Stoff also, schon fertig und muss nicht erst wie beim Stricken Masche für Masche selbst hergestellt werden. Aber die zwei Male, die ich einen Nähkurs an der Volkshochschule besuchte, zeigten mir schnell, dass ich die Vorbereitungszeit unterschätzt hatte. Nicht nur die Maschine selbst, auch der Stoff muss ja erst einmal präpariert werden. Also: Papierschnitt machen, mit Nadeln auf den Stoff stecken (Fadenlauf beachten!) – das dauert schon mal stundenlang. Und währenddessen steht und liegt alles rum: Papier, Nadeln, Stoff, Bügelbrett. Und muss man abbrechen, weil die Kinder quaken, steht man da in diesem Chaos und hat noch keinen Stich genäht. Schön, wenn man wie meine Mutter in einem 160-Quadratmeter-Bungalow auf dem Land wohnt und einfach die Tür vom Nähzimmer zumachen kann, wenn etwas dazwischenkommt oder die Nacht zu spät geworden ist. Ich dagegen muss meinen Schreibtisch wiederhaben, denn ich brauche ihn zum Arbeiten.

In dem Nähkurs fertigte ich trotz meiner aufkeimenden Abneigung eine Schultertasche aus einem Rest Möbelbezugsstoff an. Und ich nähte mehrere Reißverschlussbeutel, die ich als Kosmetiktaschen benutze. Trotzdem muss ich sagen: Nee. Leider ist Nähen nicht so richtig was für mich. Mir fehlt dabei das Sofort-Erfolgserlebnis, das ich beim Stricken schon nach ein paar Reihen haben kann. Ausdauer und Geduld sind offenbar Charaktereigenschaften, die man beim Nähen noch viel eher braucht als beim Stricken und über die ich wohl nicht im ausreichenden Maße verfüge. Außerdem ist mir der Kuschelfaktor von Stoffbahnen im Vergleich zu weichen, duftenden Wollknäueln zu gering. Der Umgang mit der Nähmaschine verschafft mir längst nicht so viel sinnliches Vergnügen wie der mit Wolle und Nadeln.

Umso mehr bewundere ich Näherinnen, die diese Kunst nicht nur technisch beherrschen, sondern auch noch umwerfend in ihrer selbst geschneiderten Couture aussehen. In mein Leben passt das Stricken aber besser. Auch wenn ich nur wenige Minuten Zeit habe, kann ich ein paar Runden stricken. Wenn das Telefon klingelt oder Geschrei aus dem Kinderzimmer kommt, packe ich das Knäuel und die Nadeln in die Tüte zurück oder pfeffere sie einfach ins Regal. Wenn ich zehn Minuten Zeit habe, greife ich sie mir und mache weiter. Und habe dann etwas Sichtbares geschafft. Fürs Stricken braucht man keine langen, zusammenhängenden Stücke freier Zeit, kleine Pausen reichen aus. Fürs Nähen benötigt man dagegen mehrere Stunden Ruhe und außerdem viel Platz, am besten einen eigens dafür reservierten Raum. All das habe ich nicht, und so bin ich wirklich stolz auf mich, dass ich es trotzdem geschafft habe, mit der Nähmaschine meiner Oma die neuen Polster für unsere Hollywoodschaukel zu beziehen, inklusive quaderförmiger Armlehnenpolster. Dafür habe ich einen ganzen Samstag gebraucht, von zehn bis 16 Uhr. Und jetzt bin ich der Meinung, dass ich für dieses Jahr genug genäht habe.

Die Pfaff hat trotzdem einen Ehrenplatz auf meinem Schreibtisch. Weil ja vielleicht doch mal ein Flicken auf ein Hosenknie muss. Weil sie schön aussieht. Und weil sie mir sonst fehlen würde, trotz allem.

Ein Baby!

Die beste Freundin ist schwanger, die Schwägerin bekommt ein Kind, oder die Kollegin aus der Grafikabteilung erwartet Zwillinge – kann es einen schöneren Anlass geben, um wieder mit dem Stricken anzufangen (für Seltenstrickerinnen)? Oder eine bessere Ausrede, um noch mehr Wolle zu kaufen (für den Rest von uns)? Der Gedanke an winzige Füße in handgestrickten Ringelsöckchen oder ein pausbäckiges Gesicht, umrahmt von einer kuschelweichen Decke mit Spitzenkante, macht große Lust, sofort loszustricken.

Für viele Frauen, die sonst nur wenig oder gar nicht handarbeiten, ist die erste Schwangerschaft die Initialzündung für die Strickleidenschaft. So war es auch bei mir. Früher strickte ich eher sporadisch: Mal eine Jacke, mal einen Schal für eine Freundin, und dann war es auch wieder gut. Aber die Aussicht auf ein kleines Wesen, das in von mir gestrickten Mützchen und Jäckchen einfach nur entzückend aussehen und es darüber hinaus auch noch schön warm haben würde, weckte meinen Ehrgeiz. Fortan saß ich jeden Abend mit dem hellblauen Superwash-Garn, das mal eine businesstaugliche Strickjacke für mich hätte werden sollen, auf dem Sofa und strickte Höschen, einen Pucksack und eine kleine Jacke im Perlmuster mit Knöpfen in Form kleiner Autos. Als der Mutterschutz kam und ich mit meinem riesigen Bauch immer unbeweglicher wurde, war Stricken für mich die beste Unterhaltung. Mein Sohn wurde im Herbst geboren und war für den Winter bestens gerüstet. Und er sah – natürlich – ganz bezaubernd aus in all den schönen selbstgestrickten Sachen.

Während meiner zweiten Schwangerschaft, als mich der Strickwahn schon voll im Griff hatte, konnte ich während der ersten paar Monate gar nicht stricken. Vom Geruch der Wolle wurde mir übel, und die Vorstellung, mit langen Fäden zu arbeiten, war mir überaus unangenehm (die Hormone spielten verrückt – ein eindeutiges Zeichen dafür, dass ich ein Mädchen erwartete). Aber zum Glück war das ab dem sechsten Schwangerschaftsmonat vorbei und die Strickpause beendet. Ich strickte für mein Baby, das kurz vor Weihnachten zur Welt kommen sollte, Strampler, Lochmusterjäckchen, wärmende Decken und bunte Mützen. Und natürlich war auch meine Tochter wunderhübsch anzuschauen in ihren kunterbunten Strick-Outfits.

Strickerinnen, die selbst (noch) keine Kinder haben, fragen sich oft, welche Babygeschenke denn am besten ankommen. Denn verständlicherweise wollen sie nicht viele Stunden in etwas investieren, das später gar nicht benutzt wird. Darum habe ich auf den folgenden Seiten ein paar Tipps aus meinen Erfahrungen mit gestrickten Babysachen zusammengestellt.

Vorab eine Anmerkung zum Material: Ich würde immer ein reines Wollgarn mit Superwash-Ausrüstung empfehlen, das die junge Mutter im Wollwaschgang mit der Maschine waschen kann. Manche Babys benötigen mehrere Outfits am Tag, und die alle mit der Hand zu waschen würde die meisten Wöchnerinnen überfordern. Wolle hat gegenüber Kunstfasergarnen außerdem den Vorteil, dass sie schwer entflammbar ist und gut Feuchtigkeit speichern kann. Für Sommerbabys eignen sich auch Baumwollgarne, wobei ich persönlich nicht so gerne damit arbeite. Gestrickte Kleidung aus Baumwolle ist nicht so elastisch wie Wolle und leiert leichter aus, so dass die Bündchen bei Mützen, Schuhen oder gestrickten Pucksäcken möglicherweise nicht so gut sitzen. Darum bei Baumwollhöschen vorsichtshalber einen Tunnelzug mit Gummiband einplanen. Kordeln und Schnüre gilt es aus Sicherheitsgründen zu vermeiden, und die Knöpfe sollte man extrafest annähen, damit das Baby sie nicht abkauen und verschlucken kann.

Babydecke.
Für Neugeborene der Klassiker und im Kinderwagen oder beim Schläfchen immer nützlich. Mit mindestens 70 mal 100 cm Größe ist eine Decke schon ein größeres Strickprojekt, aber für ein Winterbaby mit dicker Wolle (ab Nadelstärke 8) durchaus in ein paar Tagen machbar. Feine Lochmusterdecken sind zwar hübsch, dauern aber viel länger, daher lieber nur für Babys naher Verwandter oder sehr guter Freundinnen einplanen. Das Garn sollte man in einer flecktoleranten Farbe wie dunklem Rot, Blau oder Grün wählen, gern auch handgefärbt oder bunt gemixt. Die klassischen Babyfarben wie Hellblau, Weiß oder Rosa sind eher unpraktisch: Fällt die Decke aus Versehen doch mal aus dem Kinderwagen, sieht sie gleich schmutzig aus und muss in die Wäsche.

Halstuch.

Kinder, die keine Schalmützen mögen, sind oft mit kleinen Dreieckstüchern glücklich, die den Hals ebenfalls warmhalten und viel praktischer sind als lange Schals. Aus Baumwollgarn auch als Sabbertüchlein zu gebrauchen.

Mützchen.

Wenn es schnell gehen soll: Kopfbedeckungen aus feinen Wollresten können kleine Kinder außerhalb des Hochsommers immer gebrauchen, und sie sind innerhalb weniger Stunden fertig gestrickt.

Weste.

Mein Favorit: Eine einfache rundgestrickte Weste mit V-Ausschnitt. Sie wärmt Bauch und Rücken und lässt sich leicht über Hemdchen und T-Shirts ziehen. Keine Knöpfe, kein Gefriemel, und Babys Köpfchen passt gut durch den großen Ausschnitt. Auch hier am besten Wolle mit Superwash-Ausrüstung in einer gut kombinierbaren, unverschmutzbaren Farbe wählen (Tipp: Dunkelrot. Passt zu allem!) Auch für größere Kinder toll.

Söckchen.

Handgestrickte Mini-Socken finde ich praktischer als Babyschühchen, die unglaublich niedlich sind, aber dann leider doch nur allzu leicht verloren gehen.

Strampelanzug.

Noch besser als Socken: Ein Babystrampler mit angestrickten Füßchen, der Hose und Weste ersetzt und das Kind rundum warmhält. Meiner Ansicht nach ist es unnötig, dass sich die Hose von unten an der Innenseite der Beine aufknöpfen lässt. Sie einfach nach dem Wickeln wieder hochzuziehen geht viel schneller! Meine persönliche, aus bunter Sockenwolle gestrickte Version, die ich schon mehrfach überarbeitet habe, gibt es als kostenlose Anleitung „Pepita" auf meiner Webseite „Strickmich.de" und bei Ravelry.

Pucksack.

Ein tolles Geschenk für Neugeborene, das man nicht überall kaufen kann: Eine Art Schlafsack ohne Träger mit Rippenbündchen am Oberkörper, den man dem Baby in den ersten Wochen statt eines Strampelanzugs anzieht. Der Vorteil daran ist, dass man ihn zum Wickeln bloß herunterziehen und nicht umständlich aufknöpfen muss. Auch als Schlafsack-Ersatz für Sommernächte, in denen ein gefütterter Schlafsack zu warm wäre, bestens geeignet.

Auf Komplimente hoffen

Ich wünsch mir was. Ich wünsche mir, dass ich öfter gefragt werde, ob ich das süße Kleidchen, das meine Tochter trägt, die witzige Mütze und den coolen Schal, mit dem mein Sohn auf dem Schulhof herumtollt, oder die schicke Strickjacke, die ich stolz ausführe, selbst gestrickt habe. An vielen dieser Werke habe ich wochenlang gegrübelt, gestrickt und geribbelt. Könnte ja mal jemandem auffallen, dass ich da etwas Besonderes geleistet habe. Aber normalerweise fragt mich keiner. Vielleicht finden andere Menschen meine selbstgestrickten Sachen gar nicht so toll wie ich? Okay, das könnte ich verstehen. Geschmäcker sind ja verschieden. Aber ich habe einen anderen, viel schlimmeren Verdacht: Die Leute kommen gar nicht auf die Idee, dass die Sachen selbstgestrickt sein könnten.

Einmal war ich mit einer Freundin verabredet, die auch gerade Mutter geworden war. Meinem Baby hatte ich zu diesem Anlass, weil alles andere gerade in der Wäsche lag, eine unglaublich verfilzte, verpillte, grob gestrickte Weste angezogen. Diese Weste hatte ich noch während meiner Anfängerzeit für den großen Bruder dieses Babys gestrickt, sie hatte also schon einige Spuckflecken und Schleudergänge hinter sich. Ich selbst trug an diesem Tag eine spektakuläre rot-pinke Strickjacke nach eigenem Entwurf, mit aufwändigem Einstrickmuster, eine Maßanfertigung für mich, an der ich mehr als zwei Monate mit superdünnen Nadeln gestrickt hatte. Die Fäden hatte ich erst am Vorabend vernäht, es war also eine Premiere. Meine Freundin schien die Jacke nicht zu bemerken, aber das war okay, schließlich hatten wir ja genug andere, wichtigere Themen. Wir redeten über Kinderschlaf und Mütterfrust, Krippenplätze und Impfkalender, verglichen das Verhalten unserer Sprösslinge, und irgendwann fragte die Freundin: „Hast du die Weste da selbst gestrickt?" Sie meinte das olle Filzding, das meine Tochter trug. Und ich musste leider antworten: „Ja. Hab ich." Denn diesem unansehnlichen Etwas hätte ich nur zu gern meine Urheberschaft abgesprochen. Am liebsten hätte ich gesagt: „Ist schon ein paar Jahre her. Jetzt stricke ich viel besser, zum Beispiel diese tolle Jacke hier. Ist grade fertig geworden. Sieht super aus, oder?" Aber das hab ich mich nicht getraut. Denn die Freundin war eine Nicht-Strickerin, eine Uneingeweihte, eine Wollabstinenzlerin. Wäre sie eine Strickerin gewesen, hätte ich gewusst, dass sie meine Jacke zumindest aus handwerklicher Sicht gelobt hätte, auch wenn sie nicht ihr Geschmack gewesen wäre. Denn Strickerinnen wissen genau, wie viel Zeit und Herzblut in so einem Stück steckt und dass Komplimente für fertige Strickprojekte einfach guttun. Bei dieser nicht-strickenden Freundin war ich mir nicht sicher, wie sie reagieren würde. Ob sie nicht eher Kritik an der unorthodoxen Farbwahl üben würde, die mich vielleicht doch gekränkt hätte. Ob sie mich nicht für ein bisschen spinnert halten würde. (Darüber bin ich inzwischen weg. Wenn jemand mich für durchgeknallt hält, weil ich stricke, ist das seine Sache und darum völlig in Ordnung.)

Mittlerweile wünsche ich mir aber, ich könnte öfter antworten: „Ja, das hier hab ich selbst gestrickt. Toll, oder?" Aber leider fragt keiner. Nur was filzig, schief und schraddelig aussieht, wird als selbstgestrickt wahrgenommen. Eine absolut verzerrte Sicht der Dinge. Denn fast alle Strickerinnen, die ich kenne, legen großen Wert darauf, dass ihre Stücke ein gleichmäßiges Maschenbild haben, gut sitzen, ordentlich zusammengenäht sind und dass sich an der Oberfläche nicht schon nach zwei Wäschen unansehnliche Filzknötchen zeigen. Handgestricktes hat zwar das Image, grob, rau, urwüchsig und kratzig zu sein. Und wer es so mag, kann es auch gerne so tragen. Aber Handgestricktes ist nicht immer so. Handgestricktes ist auch stylish, schick und sexy. Oder kuschelig, großzügig, warm. Oder bunt, wild und ungewöhnlich. Gestricktes ist immer so, wie wir Strickerinnen es haben wollen, und nicht, wie es gerade irgendwer für angesagt oder angemessen hält. Selbstgestricktes ist so wie wir: ganz individuell. Und wunderschön. Das erzähle ich mittlerweile überall. Auch ungefragt.

Technischer Fortschritt

Pullis in flachen Einzelteilen stricken, mit langen Rückreihen aus linken Maschen? Nervig, wenn man nicht gerade ein Fan von linken Maschen ist. Socken auf Nadelspielen, die ständig rausrutschen und unangenehm pieken? Manche schwören drauf, mich hat es zwanzig Jahre lang zuverlässig vom Sockenstricken abgeschreckt. Pullover, an denen man wochenlang hingebungsvoll herumstrickt und die dann ungetragen im Schrank verschwinden, weil die Ärmel zu lang sind und die Bündchen in den Kniekehlen hängen? Frustrierend. Doch das muss ja gar nicht sein. Es gibt eine geniale Erfindung, mit der all das der Vergangenheit angehören könnte. Es ist – Überraschung! – die Rundstricknadel. Ja, ich weiß, die gibt es schon seit mindestens 60 Jahren. Aber warum benutzen sie dann längst nicht alle Strickerinnen? Warum findet man in deutschen Strickbüchern und -zeitschriften fast ausschließlich Pullover, die in geraden Stücken hin- und hergestrickt und dann zusammengenäht werden müssen, obwohl es genauso gut in der Runde ginge? Es scheint eine Frage der Strick-Kultur zu sein: Die anglo-amerikanischen Internet-Strickmagazine „Twist Collective" oder „Knitty" haben fast ausschließlich nahtfreie Strickmodelle im Angebot. Und auch die Anleitungen, die unabhängige Designerinnen im Internet veröffentlichen, werden oft in der Runde oder in einem Stück gestrickt, so dass am Ende das Zusammennähen entfällt.

In den USA gab und gibt es einflussreiche Designerinnen, die sich schon früh gegen die traditionelle Flachstück-Strickerei aufgelehnt haben. Ja, ich rede von Elizabeth Zimmermann. Amerikanerin, verheiratet mit einem deutschen Braumeister, den sie während ihres Kunststudiums in München kennengelernt hatte. Ihre erste Strickanleitung erschien Ende der fünfziger Jahre in einem großen amerikanischen Strickmagazin. Es handelte sich um einen rundgestrickten Pullover mit Passe, den die Redakteurinnen in vier einzelne, flach gestrickte Teile zurückübersetzt hatten, weil sie meinten, die Leserinnen seien das so gewohnt. Elizabeth war sauer. Zu Recht! Ihre clevere Anleitung hätte der Strickerin nicht nur die Rückreihen in mühsamen linken Maschen erspart, sondern auch das Nähen von Hand, gegen das viele Strickerinnen eine Abneigung hegen. Elizabeth beschloss, ihre Anleitungen künftig ohne den Einfluss ahnungsloser Magazinredakteure unters Volk zu bringen. Sie gründete einen Verlag und verschickte ihre Anleitungen in Form eines Strick-Rundbriefs an eine immer größer werdende Fangemeinde. Elizabeth erfand das „Baby Surprise Jacket", ein kraus rechts gestricktes, geniales Konstrukt, das, korrekt zusammengefaltet, eine niedliche Babyjacke ergibt. Heute, mehr als zehn Jahre nach ihrem Tod, ist es immer noch eines der meistgestrickten Modelle. Ihre Bücher, zum Beispiel „Knitting Without Tears" („Stricken ohne Tränen") oder „Knitter's Almanac", enthalten Anleitungen für nahtlose, in Runden gestrickte Pullover, die in jedem Garn und in jeder Größe funktionieren. Dazwischen erzählt sie Anekdoten aus dem Strickerinnenleben, plaudert über das perfekte Knopfloch und verrät Tricks, wie man Pullover, Mützen oder Handschuhe noch besser hinbekommt. All ihre Designs sind extrem schlau, kommen mit wenig linken

Maschen aus und haben kaum Nähte. Großartig und ein Vorbild für jede Strickdesignerin.

Mir ist es ein Rätsel, warum bisher keines der Bücher von Elizabeth Zimmermann ins Deutsche übersetzt wurde, denn sie sind klug und witzig geschrieben und können die ganze Art und Weise, wie man ans Stricken herangeht, auf den Kopf stellen. Auch die Werke ihrer Kollegin Barbara Walker, die die Methode des Pullistrickens von oben nach unten perfektioniert hat, haben es nicht in die Regale deutscher Buchhandlungen und Handarbeitsgeschäfte geschafft. Dabei ist die Idee, einen Pullover an den Schultern anzufangen, mehr als clever: Man kann das Strickstück zwischendurch anprobieren und genau sehen, wo die Abnahmen für die Taille hingehören und wie lang es werden soll. Wer einmal eine Strickjacke so gestrickt hat, dass sie über jede Rundung passt, genau die richtige Länge hat und perfekt sitzt, wird nie wieder einen Flachstückpulli stricken wollen. Es gibt zwar Designerinnen, die meinen, dass Nähte einen Pullover irgendwie stabiler machen, und das mag im Einzelfall auch stimmen. Und ich kann es sogar verstehen, wenn manche Strickerinnen das Ritual schätzen, die gestrickten Einzelteile zu waschen, flach in Form zu bringen und fachgerecht zusammenzunähen. Schließlich ist die erste Anprobe danach immer ein feierlicher und sehr spannender Moment, da man vorher nie sicher sein kann, ob das Stück am Ende auch wirklich sitzt, wie es soll. Aber das Erfolgserlebnis, einen Pullover zu stricken, der einem später auch tatsächlich passt, ist auf diese Weise nicht so leicht zu bekommen. Darum sind nahtlose, schlau gestrickte Teile meiner Meinung nach gerade für Anfängerinnen perfekt: Sind die Ärmel zu lang, werden die letzten Runden einfach wieder geribbelt und neu abgekettet. Der Frust bleibt aus, und man kann getrost weitere Pullover und Jacken stricken – und später, wenn es denn unbedingt sein muss, sich auch mal an ein Projekt aus flachen Stücken mit vielen linken Maschen und Nähten heranwagen.

Ein Aha-Erlebnis waren für mich auch meine ersten Socken auf einer langen, langen Rundstricknadel mit einer Technik, die als „Magic Loop" bekannt ist: Man teilt die Maschen in zwei Hälften, schiebt die hintere Hälfte auf das Seil der Nadel und arbeitet vorne mit den beiden Spitzen an der anderen Hälfte. An den Seiten steht jeweils eine Seilschlaufe heraus, darum der Name. Mit dieser Technik fielen endlich die blöden, pieksigen Nadelspielnadeln nicht mehr ständig aus der Socke, und das Stricken ging flott von der Hand. Begeistert von meinen neuen Erkenntnissen, wollte ich meiner Oma zeigen, wie das geht – musste aber schnell wieder aufgeben. Grund: Sie hatte nur ein paar alte Rundstricknadeln mit steifen, sperrigen Seilen da, die außerdem noch am Übergang von der Nadel zum Seil abgeknickt waren. Mit solchen Stricknadeln funktioniert Magic Loop zwar auch irgendwie, aber es macht noch viel weniger Spaß als mit einem Nadelspiel. Man braucht dafür Rundstricknadeln mit butterweichen Seilen, die schnurgerade und möglichst stabil sind.

Wer schlau stricken will, braucht die richtigen Bücher, das richtige Werkzeug und am besten auch das Internet: Techniken wie „Magic Loop" findet man in kurzen Videofilmen oder detaillierten Foto-Anleitungen erklärt, und auf nahezu jede Strickfrage gibt es im Netz eine Antwort. Wer das Glück hat, in einer Stadt zu wohnen, in der sich die Strickerinnen regelmäßig in Cafés oder Wollgeschäften verabreden, sollte unbedingt auch einmal hingehen. Die dort ganz bestimmt anwesenden Extremstrickerinnen beantworten gerne jede Frage. Denn es ist sehr wahrscheinlich, dass sie vor gar nicht allzu langer Zeit auch diese neue Technik ausprobiert haben und darum ganz genau wissen, wo es hakt.

Es gibt also keine Ausrede mehr: Auch wer mit Nadelspielen nicht klarkommt, Zusammennähen hasst oder keine linken Maschen mag, kann stricken. Echt!

Happy Knitting!

Früher oder später taucht da die eine Anleitung auf, die man unbedingt nachstricken muss, weil sie einfach perfekt zu der handgefärbten Merino-Seide-Mischung passt, die letzte Woche mit der Post gekommen ist. Oder weil beim letzten Stricktreffen jemand dieses geniale Lace-Tuch dabeihatte, das uns so gut gefallen hat. Und, oh Schreck: Die Anleitung gibt es nur auf Englisch! Was tun? Auf das Tuch verzichten, obwohl es einem richtig in den Fingern juckt? Warten, bis sich jemand erbarmt und die Anleitung ins Deutsche übersetzt? Niemals! Eine echte Strick-Heldin stellt sich in so einem Fall der Herausforderung. Und merkt bald: Ist gar nicht schwer, auch wenn das Schulenglisch etwas eingerostet oder das Austauschjahr in Missouri schon ewig her ist.

Ausgerechnet kompliziert wirkende Lochmustertücher sind nach englischsprachigen Anleitungen oft erstaunlich einfach zu stricken. Meistens reicht es, sich die Abkürzungen und Symbole genau anzugucken und sich klarzumachen, was die üblichen Kürzel wie „k2tog" (knit 2 together – zwei Maschen rechts zusammenstricken) bedeuten. Im Internet findet man umfangreiche Listen mit Übersetzungen der englischen Strickbegriffe, und auch in Büchern wird man fündig. Da Tücher sowieso meistens nach einer Strickschrift gearbeitet werden, muss man außer „Cast on 80 stitches" („80 Maschen anschlagen") gar nicht mehr viel verstehen. Sollten in einer englischen Anleitung Techniken vorkommen, die in der deutschsprachigen Strickwelt nicht so üblich sind, lohnt sich ein Blick auf die Webseite „Knitty.com": Dort werden alle gängigen Abkürzungen erklärt und oft mit Fotos Schritt für Schritt gezeigt.

Wenn man die Grundbegriffe draufhat, ist die englische Stricksprache viel einfacher zu verstehen als die deutsche, denn die Anleitungen sind oft klarer und einleuchtender geschrieben. Es tut sich eine neue, faszinierende Strickwelt auf! Bald lesen wir englischsprachige Strick-Webseiten und Bücher, tauchen ein in die Welt der Elizabeth Zimmermann mit ihren klug konstruierten Pullovern und Kinderjäckchen oder tauschen uns auf der Internet-Strickplattform Ravelry mit Leuten aus Melbourne oder Vancouver aus, die gerade das gleiche Sockenmuster am Wickel haben. Wir wünschen uns die neuesten, üppig fotografierten Strickbücher aus den USA und Großbritannien oder stöbern in der letzten Ausgabe der Zeitschrift „InterweaveKnits", als sei es die normalste Sache der Welt. Und dass unser Englisch dadurch zumindest in Strickdingen verhandlungssicher wird, ist dabei einfach ein kleiner Bonus.

Ein Tagebuch aus Wolle

Mein Kleiderschrank erzählt Geschichten. Da hängt mein erstes selbst entworfenes Dreieckstuch, das ich am Strand auf Föhr gestrickt habe, während meine acht Monate alte Tochter ein Nickerchen im Strandkorb hielt. Da liegt die dicke, gerippte Strickjacke, an der ich während eines langen Wochenendes in meiner kleinen Single-Wohnung in Hamburg-Osdorf gearbeitet habe, als ich noch auf die Journalistenschule ging. Irgendwie kam die Maschenprobe nicht hin, deshalb ist sie gigantisch geworden – und passte mir sogar noch, als ich, ein paar Jahre später, im neunten Monat schwanger war. Der Pullover mit dem üppigen Zopfkragen, der während eines Urlaubs in Ostfriesland fertig wurde. Die Socken mit dem komplizierten Muster aus verschränkten Maschen, die ich immer dabeihatte, als ich meine Kinder noch täglich quer durch die Stadt mit dem Bus zum Kindergarten brachte.

Jedes gestrickte Stück erzählt Geschichten darüber, wann es entstanden ist, wer dabei war und welche Musik gerade lief. Ich habe Madonna-Socken und eine Michael-Jackson-Strickjacke (nein, das ist mir überhaupt nicht peinlich!). Denn am ersten Ärmel strickte ich gerade, als die Nachricht von seinem Tod kam und im Radio tagelang nur „Thriller" und „Beat it" liefen. Und die lila Jacke mit dem gigantischen Schalkragen, die ich kurz nach dem Umzug gestrickt habe, lässt immer noch den Geruch frischer Wandfarbe in meine Nase steigen.

Eine Freundin erzählte mir neulich, sie habe während der 80er Jahre viel gestrickt, so wie man das damals machte, mit Fledermausärmeln und bunten Farbblöcken. Und obwohl sie ihre Werke schon seit 20 Jahren nicht mehr anzieht, mag sie sie nicht weggeben. Zu viele Erinnerungen stecken im Gestrick, darum haben die Pullover immer noch einen Platz ganz hinten in ihrem Schrank. Mir geht es genauso mit den Sachen, die ich für meine Kinder gestrickt habe. Auch wenn sie schon längst nicht mehr passen, liegen sie noch (mottensicher verpackt) in den Kinderzimmern, so dass sie später, sollte ich einmal Enkel haben, ihre Geschichten weitererzählen können. Und meine irgendwie auch.

Klischees sprengen

Da mögen Lifestyle-Magazine und Trend-Gurus noch hundertmal ausrufen, dass Stricken jetzt wieder hip ist – irgendwo, tief drinnen, fürchten wir Strickerinnen doch, dass uns irgendwer für Spießertanten hält, deren Hirnschmalz leider nicht ausreicht, um sich in ihrer Freizeit mit experimentellem Theater, dem Finanzteil der FAZ oder neuer katalanischer Literatur zu befassen. In der „Brigitte Woman" las ich einen Text über die Kunstprofessorin Rosemarie Trockel: Sie habe sich während ihres Pädagogik-Studiums darüber geärgert, dass ihre Kommilitoninnen in den Vorlesungen gestrickt und sich damit „ins Belanglose" zurückgezogen hätten. Dass Frau Trockel selbst in den 80er Jahren vor allem mit ihren an der Maschine gefertigten Strickbildern politischer Symbole berühmt wurde, ist natürlich etwas vollkommen anderes: Damit wollte sie nur den Kontrast zwischen der geistig anspruchslosen Handarbeit und der politischen Idee aufzeigen, zwischen dem Weiblichen und dem Männlichen. Jaja, Frauen stricken, Männer machen Politik – dieses Bild konnten auch die wenigen bärtigen Männer nicht ändern, die während der Gründungsphase der Grünen mit Nadeln in den Händen gesichtet wurden. Dem Image des Strickens haben diese Männer kaum genützt, wahrscheinlich, weil sie nicht als „echte Männer", sondern als gruppentherapieerfahrene Wollpulli-Schluffis wahrgenommen wurden. Nicht ernst zu nehmen und irgendwie peinlich.

Heute verkaufen hippe junge Männer in deutschen Groß-
städten mit Erfolg selbstgehäkelte Mützen. In Society-Klatschblät-
tern tauchen alle naselang Bilder von einem strickenden Russell
Crowe auf. Männliche Strickblogger werden sogar ins Frühstücks-
fernsehen eingeladen und als Beleg dafür vorgeführt, dass Stricken
nun endlich tatsächlich schick und gar nicht mehr spießig sei. Und
beäugt, als hätten sie die Nadel neu erfunden. Niemand sagt diesen Jungs, ihr Hobby sei bieder oder belanglos. Niemand guckt
sie von der Seite an, als seien sie ein bisschen weich in der Birne.
Das ist zwar einerseits eine erfreuliche Entwicklung. Trotzdem
muss ich mich darüber wundern, denn ich habe noch auf keinem
einzigen Stricktreffen in der mit hippen Menschen durchaus ge-
segneten Hansestadt Hamburg einen strickenden Mann getroffen
(obwohl man mir immer wieder sagt, es gäbe einen, der schon
mal da war). Auf jeden dieser Super-Stricker oder -Häkler, die uns
so gern in den Medien vorgeführt werden, kommen nach meiner
groben Schätzung mindestens fünfzig strickende Frauen. Die alle
wissen, was sie tun, die hip oder cool sind oder eben nicht, die Spaß
daran haben und wunderschöne Tücher, Mützen und Pullover
herstellen. Und das oft schon seit Jahrzehnten, ganz unabhängig
davon, wer sich gerade wieder in einem Hochglanzmagazin kokett
als Strickerin geoutet hat.

Über diese großartigen Frauen berichten Lifestyle-Magazine
nie. Im Gegenteil: Sie werden sogar noch lächerlich gemacht. Ich
erinnere mich an einen süffisanten Beitrag zum Thema Stricken,
der ausgerechnet in der Sendung „Frau-TV" vom WDR lief. Offenbar hatten die Redakteurinnen nicht damit gerechnet, dass

unter ihren Zuschauerinnen so viele gerne stricken. Die Strickerinnen schrieben E-Mails und Briefe und bewiesen durchaus Sinn für Humor, indem sie selbstgestrickte Pulswärmer aus Puschelgarn in die Redaktion schickten. In der nächsten Sendung hat sich die Moderatorin bei den Strickerinnen entschuldigt. Und dabei ganz tapfer die Puschel-Pulswärmer getragen.

Es ist doch merkwürdig: Erst wenn gut aussehende, muskulöse und eindeutig männliche Männer unser Hobby ausüben, gilt es nicht mehr als hirnlos, spießig und langweilig. Warum eigentlich? Wird etwas erst dann relevant, wenn Männer es tun? Warum gelten Tätigkeiten, die Frauen gerne mögen, automatisch als unwichtig, bieder und hausbacken? Das ist zutiefst frauenfeindlich und das genaue Gegenteil von dem Feminismus, als dessen Vorreiterinnen sich Frauen wie Rosemarie Trockel und wahrscheinlich auch die Redakteurinnen von „Frau-TV" so gerne sehen.

Beim Thema Kochen kann man etwas Ähnliches beobachten: Wenn Männer gerne kochen, ist das ein kreatives, tolles Hobby, das sie sogar in ihren Lebenslauf schreiben. Wenn Frauen gerne kochen, ist das irgendwie, na ja, hm, fällt der nichts Besseres ein, das sie mit ihrer freien Zeit anfangen kann? Bei Bewerbungen verschweigen wir solche Vorlieben. Außer vielleicht, wenn wir in der Versuchsküche einer Gourmetzeitschrift oder bei einem Puddingpulver-Fabrikanten anheuern wollen.

Und Stricken? Bei mir hat es lange gedauert, bis ich meinen Kolleginnen und Kollegen erzählen mochte, dass ich neben meinem Beruf als Journalistin noch einen Strickblog im Internet betreibe und Strickanleitungen schreibe. Erst als die gut liefen, hab ich mich das getraut. Im Nachhinein ärgere ich mich deswegen über mich selbst. Denn Strickerinnen müssten ein Traum für jeden Arbeitgeber sein: Wir können mit komplexen Anweisungen umgehen und auch schwierige Projekte erfolgreich zu Ende bringen. Wir brauchen uns nicht zu verstecken. Und eigentlich darf es uns auch herzlich egal sein, ob andere es spießig, hip, langweilig oder spannend finden, dass wir stricken – solange uns gefällt, was wir da tun.

Ich weiß, dass ich weder dem Bild der weißhaarigen Dame im Schaukelstuhl noch dem der ökigen Strick-Aktivistin entspreche. Und ein cooler Großstadt-Hipster bin ich auch nicht. Ich bin ich, und ich stricke, und damit sprenge ich jedes Klischee. Und das ist ein richtig gutes Gefühl.

Quelle: Brigitte Woman, Heft 12/2011: „Ich bin ja selbst ein komischer Mensch", Text von Marianne Mösle über die Künstlerin Rosemarie Trockel.

Besser im Job

1. Strickerinnen sind es gewohnt, unter Druck Entscheidungen zu treffen. (Alpakagarn oder lieber Merino? Das leuchtende Blau oder Flaschengrün? Schnell, das Wollgeschäft schließt gleich!)

2. Wir haben gelernt, Anweisungen exakt zu befolgen. (Und, falls nötig, und nach unserer Erfahrung zu empfehlen, diese jederzeit abzuwandeln und das Ergebnis auf diese Weise entscheidend zu verbessern.)

3. Wir können Prioritäten setzen. (Der volle Wäschekorb, die Staubmäuse unterm Bett und der volle Altpapierkarton stören beim Sockenstricken schließlich kein bisschen.)

4. Wir haben Erfahrung damit, Ressourcen so einzusetzen, dass mit möglichst geringen Kosten ein optimales Ergebnis entsteht. (Apropos: Hat noch jemand einen Strang „Jaipur Silk" von BC Garn in der Farbe h151? Ich glaube, mir fehlen ein paar Meter, um die Lace-Kante abzuketten ...)

5. Wir wissen, dass sorgfältige Vorbereitung für den Erfolg eines Projekts entscheidend ist. (Außer natürlich Maschenproben. Die darf man auch weglassen. Kann natürlich sein, dass der Pulli später nur unserer 11-jährigen Nichte oder dem übergewichtigen Großonkel passt, aber egal.)

6. Wir sehen, wenn etwas falsch läuft, und leiten die notwendigen Maßnahmen ein. (Außer, es müsste was geribbelt werden und der Fehler ist sowieso unter dem linken Arm, wo ihn ohnehin keiner bemerkt.)

7. Wir sind Profis darin, andere zu bestärken und zu motivieren. (Nein, die Ärmel sind nicht zu weit, das gehört so! Und die Farbe steht dir ganz hervorragend! Natürlich brauchst du noch drei Stränge Sockenwolle, davon hat man nie genug!)

8. Wir gehen immer die „Extrameile". (Zum Beispiel fünfeinhalb Stunden Zugfahrt von Hamburg nach Pfaffenhofen an der Ilm, um handgefärbte Sockenwolle einzukaufen.)

9. Wir verpassen nie ein Meeting. (KnitNight im Wollgeschäft am Freitag, Stricktreff im Café am Sonntagnachmittag, Mittwoch Verabredung zum Mittagessen mit den Strickfreundinnen und so weiter und so fort.)

10. Wir achten stets auf ein professionelles Erscheinungsbild. (Und handgestrickte Socken passen ganz hervorragend zu Pumps, Kostüm und Laptoptasche. Wetten?)

Hilfe gibt's im Netz

Am besten und einfachsten strickt es sich, wenn einem dabei jemand zur Seite steht: Mache ich den provisorischen Anschlag richtig? Soll dieser Zopf wirklich so aussehen? Ist diese Maschenprobe in Ordnung, oder brauche ich eine höhere Nadelstärke? Wenn mehrere Strickerinnen beisammen sind, dauert es meist nur Minuten, bis eine Lösung gefunden ist. Aber was tun, wenn der Strickvirus noch niemanden im Bekanntenkreis gepackt hat? Und wenn Oma nicht strickt, sondern lieber Topflappen häkelt und darum keine Hilfe ist? Oder zwar leidenschaftlich strickt, aber weit weg im Schwarzwald wohnt? Ganz einfach: Hilfe gibt's im Internet. (Ravelry-Userinnen wissen das natürlich schon und dürfen dieses Kapitel überspringen.) Zum Stricken gehören längst nicht mehr nur Nadeln und Wolle, sondern auch der Computer und ein W-Lan-Anschluss. Und ein Benutzerkonto bei der internationalen Internet-Plattform Ravelry.com. Das kostet nichts und bereichert das Strickerinnenleben wie nichts sonst auf diesem Planeten.

Ich bin vor ungefähr sechs Jahren durch eine Art Kettenreaktion auf Ravelry gestoßen: Weil ich mir beim Online-Buchhändler Amazon ein Babystrickbuch bestellt hatte, tauchte auf der „Was Ihnen sonst noch gefallen könnte"-Seite das Büchlein „AtKnit's End" der Kanadierin Stephanie Pearl-McPhee auf. Ich las ihr Buch und ihr Internet-Tagebuch (yarnharlot.ca), fand es witzig und stieß auf einen Text über ein tolles Sockengarn der Marke „Wollmeise", was irgendwie deutsch klang. Dann fand ich wiederum die Webseite der überaus begabten Handfärberin aus Bayern, die sich Wollmeise nennt, und las dort etwas über eine Internetplattform für Strickerinnen mit dem Namen „Ravelry. com". Ich wurde Mitglied und war seither wohl jeden Tag dabei.

Ravelry ist alles, was die Strickerin braucht: Hier findet man (fast) jede Anleitung, die jemals irgendwo veröffentlicht wurde. Man kann sehen, wie andere die Anleitungen umgesetzt haben und ob die Ergebnisse genauso gut aussehen wie die Bilder mit dem hübschen Model in der Zeitschrift. Und ob das Zopfmuster auch in der Kleidergröße, die man selbst trägt, schmeichelhaft aussieht. Ob ein Garn mit Farbverlauf dazu passt. Man kann seine eigenen Strickprojekte fotografieren, die Bilder hochladen und gucken, was andere davon halten. Man kann mit anderen Strickerinnen über die neue Sockenanleitung diskutieren, überlegen, ob man den Fehler in der vorletzten Reihe irgendwie beheben kann und ob das schottische Sockengarn, von dem gerade alle so schwärmen, etwas taugt. Man trifft (endlich!) Leute, die sich ungefähr denken können, wie viele Stunden man für den kunstvoll verschlungenen Zopf auf der Rückseite des Kinderpullis gebraucht hat. Wenn sie mögen, was sie sehen, markieren sie die Projekte mit einem Herzchen: Ein Lob aus München, Chicago oder Oslo für meinen neuen Schal. Verrückt, aber toll!

Wer mag, kann sogar seinen Wollvorrat nach Sorten und Farben geordnet fotografieren und in die eigene Woll-Datenbank eingeben. Sehr praktisch, denn so sieht man sofort, ob man von der grünen Wolle genug hat, um die Jacke nach der neuen Anleitung von Designerin X zu stricken. Wenn man sich digitale

Strickanleitungen über Ravelry kauft, kann man sie auf der eigenen Profilseite speichern, so dass sie nie verloren gehen und überall dort verfügbar sind, wo man Internetzugang hat. Ich fange jetzt gar nicht mehr an, davon zu reden, wie cool es ist, alle Anleitungen auf dem Smartphone zu speichern, so dass man auch im Bus oder beim Stricktreffen eben schnell gucken kann, wie das denn mit der Zunahme am linken Fersenspickel ging, auch wenn man die ausgedruckte Version der Strickanleitung zu Hause vergessen hat.

Übrigens gibt es bei Ravelry auch Gruppen und Foren, in denen sich die Strickerinnen ausschließlich auf Deutsch austauschen. Und natürlich bekommt man dort auch sehr viele Strickanleitungen in deutscher Sprache. Also ruhig mal kurz Garn und Nadeln beiseitelegen und den Computer einschalten. Denn Stricken ist offline schon großartig – aber mit Internetzugang noch mal um Klassen besser.

Neue Reiseziele

Pfaffenhofen an der Ilm. Nie gehört? Ging mir vor ein paar Jahren noch genauso. Inzwischen weiß ich, dass Pfaffenhofen eine hübsche bayrische Kleinstadt ist, die man von München aus in 20 Minuten mit dem Zug erreichen kann. Ich war schon einmal dort, denn in Pfaffenhofen an der Ilm gibt es ein kleines Wollgeschäft, in dem Claudia Hoell-Wellmann (auch bekannt als die „Wollmeise") ihre tollen, handgefärbten Garne verkauft. Ich bin nicht extra deswegen von Hamburg nach Bayern gereist, aber sagen wir mal so: Die Existenz des Wollmeise-Ladens hat mir die Entscheidung, mit meinen beiden kleinen Kindern zu meiner Schwägerin nach München zu fahren, sehr viel leichter gemacht. Und es hat sich mehr als gelohnt: Einerseits konnte ich in Ruhe im Laden stöbern und die Farbenpracht genießen, die beim Einkaufen im Internet nicht so greifbar ist. Und andererseits konnte ich Strickerinnen treffen, die sich genau wie ich auf dieser Pilgerfahrt zu einem der quasi heiligen Orte der Strickwelt befanden. Manche waren für diesen einen Tag extra mit dem Auto aus Österreich gekommen, ein paar Amerikanerinnen hatten ihre Europa-Rundreise für einen Besuch in diesem Laden eigens umgeplant, andere waren auf dem Weg ganz woandershin und haben einen Umweg gemacht. Menschen zu treffen, die die Begeisterung für Wolle teilen und dabei genauso, ja, dieses Wort ist jetzt angebracht: fanatisch sind, ist schon ein Erlebnis. Besonders witzig ist es, wenn man einen Pulli wiedererkennt, weil es davon Bilder im Internet gibt, aber die Trägerin noch nie gesehen hat.

Neben Pfaffenhofen gibt es natürlich noch viele andere Reiseziele für Strickerinnen: In fast jedem Jahr gibt es ein Treffen der deutschen Strickerinnen, die sich über die Strick-Webseite Ravelry kennengelernt haben, jeweils in unterschiedlichen Städten. Manche verabreden sich für ein Strickwochenende im Schwarzwald oder an der Ostsee. Und wer gerne weiter reist, hat noch viel mehr Auswahl: Die „Shetland Wool Week" lockt im Oktober kälteresistente Strickerinnen auf ein paar karge Inseln in der nördlichen Nordsee, die hauptsächlich von Schafen bewohnt werden. Es gibt sogar Kreuzfahrten extra für Strickerinnen. Das Abendprogramm bestreiten dort aber nicht etwa mittelmäßige Schlagersänger, sondern prominente Strickdesignerinnen. Und wer es intellektuell mag, kann eine Individual-Bildungsreise nach Peru zu den strickenden Männern am Titicacasee buchen.

In den USA und Kanada gibt es professionell organisierte „Knitting Retreats", also Wochenenden, die nur zum Stricken unter Gleichgesinnten gedacht sind. Oft in einer Gegend am Meer oder mit einem See vor der Tür, in einem angenehmen Hotel, mit gutem Essen und Kursen in besonderen Stricktechniken, im Spinnen oder Wollefärben. Strickerinnen, die eine Rockfestival-Atmosphäre bevorzugen, können Events wie das „Sock Summit" („Sockengipfeltreffen"), oder „Vogue Knitting Live" besuchen. Dort besetzen tausende Strickerinnen über Tage hinweg ganze Messehallen, um Vorträge über ihr Liebstes zu hören, neue Garne zu befühlen und von Strickexperten zu lernen, wie man selbst Zopfmuster entwirft oder einen gut sitzenden Pullover nach den eigenen Maßen strickt.

Mein persönliches Traumziel ist aber das „Sheep & Wool Festival" im Örtchen Rhinebeck, US-Bundesstaat New York. Eine Kleinstadt, die eine gewöhnliche Europäische Touristin wahrscheinlich eher nicht besuchen würde. Dort kann man aber, nach allem, was ich im Internet so lese, alljährlich am dritten Wochenende im Oktober bei schönstem, sonnigem, wollpullitauglichem Herbstwetter Schafe streicheln, an den Marktständen Garn einkaufen und Seminare bei den Designerinnen besuchen, die ich schon so lange aus der Ferne bewundere. Und vielleicht den Strickbloggerinnen Hallo sagen, deren Webseiten ich so gerne lese. Eines Tages, wenn meine Kinder größer sind und mein Mann nicht ausgerechnet am gleichen Wochenende einen runden Geburtstag feiern muss (so wie nächstes Jahr), eines schönen Tages also werde auch ich nach Rhinebeck fahren. Ich werde Menschen treffen, Dinge lernen und Orte durchfahren, die ich sonst nie kennengelernt hätte. Und dabei nicht nur meinen Strick-Horizont erweitern.

Exklusiv und originell

Junior wünscht sich zum Schulfasching einen Wikingerbart, aber einen zotteligen, mit Zöpfen drin? Töchterchen möchte eine Mütze mit Hasenohren, aber gestreift wie ein Tigerfell? Und der Gatte braucht für die winterlichen Besuche im Fußballstadion Fäustlinge in Vereinsfarben, aber zum Aufklappen, damit er den Bierbecher besser festhalten kann? In solchen Fällen darf sich jede Strickerin selbst beglückwünschen: Auch wenn man diese Sachen in keinem Laden kaufen kann, ist es kein Problem, diese Wünsche zu erfüllen. Für nahezu jedes Klamotten-, Spielzeug- oder Dekorationsproblem gibt es im Strick-Universum eine Lösung.

Das beweisen all die unglaublichen Dinge, die die Strickerinnen auf ihren Projektseiten bei Ravelry präsentieren: Lampenschirme, Mini-Monster, anatomisch korrekte Herzen zum Verschenken an den Liebsten, Mützen, die wie knallbunte Perücken aussehen, Bikinioberteile, Schaltknüppel-Bezüge fürs Auto, Gardinen, Puppensofas, Wischmopp-Überzüge und Spültücher, Katzenkörbe, Mobiles mit Motiven aus dem Lieblingskinderbuch und Filzpantoffeln mit Computerplatinen-Muster.

Nicht jedermanns Geschmack, aber zweifellos originell sind auch Mützen, die wie Gehirne aussehen, Büstenhalter aus fluffigem Mohair, Stringtangas und gestrickte Shorts für Männer. Ja, die gibt es, und es gibt auch Männer, die sowas in der Öffentlichkeit anziehen: Bei Ravelry kursieren Fotos eines prominenten Strickdesigners, der sich in wollenen Shorts auf dem

Rhinebeck-Sheep-and-Wool-Festival zeigte. Er kann sich sicher sein, dass er ein sehr exklusives Modell trägt, eine Spezialanfertigung, die es so nirgends sonst auf der Welt gibt. Den Spaß, den er an seinem Outfit hat, sieht man ihm auf den Bildern durchaus an. Mal schauen, vielleicht stricke ich mir auch ein Paar Shorts und gleich eine passende Mütze dazu. Mit Mäuseohren. Niemand kann mich stoppen!

Weil man es anfassen kann

Nicht alle Menschen haben das Glück, einen Beruf auszuüben, bei dem man am Abend sehen oder sogar fühlen kann, was man geschafft hat. Der Computer, auf dem die Tabellenkalkulation läuft, sieht am Abend noch genauso aus wie am Morgen. Die Küche ist nach drei Mahlzeiten mit der Familie wieder genauso klebrig wie vor dem Wischen. Wie gut haben es da die Friseurinnen, Gärtnerinnen oder Tischlerinnen: Sie erschaffen Haarschnitte, bunte Beete und setzen Fenster ein. Die Ergebnisse ihrer Arbeit sind deutlich sichtbar, und am Ende des Tages können sie nach Hause gehen und sich sagen: Das da, das hab ich gemacht! Die Buchhalterinnen, Produktionsplanerinnen und Anzeigenverkäuferinnen unter uns haben es da nicht so gut. Natürlich gibt es irgendwo eine Zahl, die unsere Leistung für den Tag oder die Woche beschreibt. Aber die kann niemand anfassen oder stolz der Nachbarin zeigen. Immerhin lässt sich der Erfolg der eigenen Arbeit am Ende des Monats auf dem Kontoauszug ablesen. Wer sich den ganzen Tag um kleine Kinder kümmert, hat noch nicht einmal das, sondern wird nach dem Zufallsprinzip entlohnt: Das berühmte Kinderlächeln bekommt eine Mutter nicht unbedingt an den Tagen geschenkt, an denen sie am meisten geleistet hat. Mal ist das Kind gut drauf und niedlich, mal schreit es ununterbrochen – ich möchte behaupten, unabhängig davon, wie sehr sich die Mutter an diesem Tag angestrengt hat. Das kann auf Dauer etwas unbefriedigend sein.

Genau dann kommt das Strickzeug gerade recht: Hier hält man schon nach einer halben Stunde den Zehenteil einer Kindersocke oder den Zipfel eines neuen Dreieckstuchs in den Händen. Man hat etwas, das man herumzeigen kann und dessen Nutzen in den meisten Fällen unbestritten ist (es sei denn, man hat sich auf gestrickte Männershorts spezialisiert).

Beim Stricken ist das Ziel immer eindeutig: ein wärmendes Kleidungsstück, ein hübsches Accessoire. Und wenn wir regelmäßig daran arbeiten, werden Schal, Socke, Pulli und sogar der gigantische Bett-Überwurf aus bunten Sockenwollresten auf jeden Fall irgendwann fertig. Und bleiben es dann auch – ganz im Gegensatz zum jetzt im Moment noch sauberen Badezimmer, das nach spätestens einer Woche wieder schmutzig ist und von Neuem geputzt werden muss.

Wenn ein Strickprojekt abgeschlossen ist, bekommen wir sofort die Belohnung dafür (auch das ist ja in vielen Jobs leider selten): Die Strickjacke sitzt super, das Tuch ist wunderschön, die neue Mütze wärmt die Ohren, und der kleine Sohn oder der Ehegatte bedankt sich mit einem Küsschen für das neue Paar leuchtend bunter Socken. Ravelry-Mitglieder können sich außerdem über die vielen kleinen Herzchen freuen, mit denen Strickerinnen aus aller Welt die Fotos ihrer Werke versehen. Das tut wahnsinnig gut, das macht Spaß und richtig gute Laune. Und riesengroße Lust darauf, gleich das nächste Projekt anzufangen.

Spannende Menschen

Es gibt keinen Ort der Welt und keine Veranstaltung, die ich bisher besucht habe, auf der so unterschiedliche und gleichzeitig großartige Leute herumlaufen (oder -sitzen) wie bei einem Stricktreffen. Und egal, ob einem gerade eine Informatikerin, Krankenschwester, Vollzeitmutter, Studentin oder Grundschulrektorin gegenübersitzt: Mit jeder hat man sofort ein Gesprächsthema. Was strickst du denn da? Welche Anleitung ist das? Oh, genau, die habe ich neulich auch schon gesehen. Und das Garn, wo bekommt man das? Schon ist man mittendrin. Eine Strickerin erzählte mir, dass sie seit sieben Jahren einen Wochenendjob als Käfig-Tänzerin in einer Goth-Disco hat. Eine andere ist gerade mit ihrem Mann aus den USA nach Deutschland gekommen und hat immer ihren Chihuahua in der Handtasche dabei. Und die grauhaarige Frau, die in der Ecke sitzt und still an ihrem Tuch strickt, hat vier Kinder großgezogen und dabei auch schon vor 20 Jahren ihren Beruf als Ärztin weiter ausgeübt. Eine andere hört gerne Rammstein und ist aus Überzeugung kinderlos – und zählt mittlerweile zu meinen besten Freundinnen. Würden wir nicht beide stricken, hätten wir wahrscheinlich nie ein Wort miteinander gewechselt. Denn mich trifft man eher beim Hexe-Knickebein-Konzert als beim Metal-Festival in Wacken.

Ich bin von den Strickerinnen jedes Mal fasziniert: Jede ist anders, jede hat ihren eigenen Stil, hört andere Musik, aber jede ist auf ihre Weise spannend. Und freundlich. Und offen, auch wenn sie einen komplett anderen Lebensstil hat als ich. Und überaus intelligent.

Es klingt vielleicht ein bisschen arrogant, wenn ich das jetzt so sage, aber ja: Ich habe den Eindruck, dass gerade intelligente Frauen gerne stricken. Weil es herausfordernd sein kann, weil wir dabei ständig Neues lernen, weil man mit Mustern, Zahlen und Maßen umgeht. Gleichzeitig sind Strickerinnen unglaublich hilfsbereit. Wenn sich eine Anfängerin an ihrer ersten Mütze versucht, findet sich bestimmt eine erfahrene Strickerin, die sich eine halbe Stunde Zeit nimmt, um mit ihr den richtigen Abstand für die Abnahmen durchzurechnen. Und wenn man wissen möchte, wie die quer gestrickten Zöpfe auf dem tollen Pulli funktionieren, muss man bloß die Trägerin fragen. Sucht jemand ganz dringend noch einen Rest von dem Seidengarn, das letzten Sommer im Angebot war, schwärmen gleich alle Strickerinnen aus, um in ihren Wollvorräten danach zu suchen. Und verzweifelt eine an ihrem Pullover, der wieder mal vier Nummern zu groß geworden ist, bekommt sie von allen anderen Trost und Zuspruch.

Unter Strickerinnen fühle ich mich immer willkommen. Sollte mir mal nicht so sehr nach Reden sein, kann ich mich beim Stricktreff auch einfach nur in die Ecke setzen, in Ruhe meine Socke weiterstricken und zuhören. Niemand würde das merkwürdig finden. Und wenn ich mal auf einen anderen Kontinent ziehe, auf dem ebenfalls woll- und strickfreundliches Klima herrscht, weiß ich: Ich muss bloß herausfinden, wo das nächste Wollgeschäft ist und wann das nächste Stricktreffen stattfindet. Denn ich kann sicher sein, dass ich dort Menschen finden werde, die mich verstehen – auch wenn sie auf den ersten Blick ganz anders sind als ich.

Ein Lächeln aus Wolle

Die Parkuhr trägt eine türkisfarbene Kralle, Bismarck hat statt eines Militärhelms eine grün-weiß-gestreifte Pudelmütze auf dem Kopf und August der Starke einen Schal mit Zopfmuster um den Hals. Schlichte Begrenzungspfosten sehen mit pinkfarbenen Strickstulpen auf einmal richtig freundlich aus, und die Metallbank im Häuschen an der Bushaltestelle trägt einen bunten wollenen Überzug, so dass wartende Passagiere endlich keinen kalten Po mehr bekommen. Von der Straßenlaterne baumeln gestrickte Blümchen, und in den verwaisten Blumenkästen vorm Einwohnermeldeamt sprießen bunte Wollpilze – wer schafft es, beim Anblick solcher kleiner Kunstwerke nicht zu lächeln?

Noch sind sie hier bei uns in Hamburg selten, aber es gibt auch hier ein paar Strickerinnen, die ihre Umgebung mit Wolle ein bisschen schöner machen wollen. „Yarn Bombing" nennt sich das und kommt natürlich auch wieder aus Amerika. Dort haben sich Strickerinnen zu schlagkräftigen Gruppen zusammengeschlossen, um möglichst schnell und gezielt ihre Graffiti aus Garn zu verbreiten. Anders als Straßenkünstler, die ihre Bilder in Form von Plakaten an Hauswände kleben oder mit der Sprühdose arbeiten, brauchen die Woll-Aktivistinnen sich aber meistens nicht zu verstecken. Schließlich richten sie mit ihren Woll-Hüllen keinen Sachschaden an. Haus- oder Autobesitzer, denen die neongrünen Überzüge an ihrem Gartenzaun oder ihren Türgriffen nicht so gut gefallen, können ja einfach eine Schere nehmen und sie rückstandslos entfernen. Trotzdem macht Yarn Bombing viel mehr Spaß, wenn man das Ganze wie einen Agenteneinsatz aufzieht und sich vielleicht doch mal traut, dort Wolle zu verbreiten, wo man nicht so leicht hinkommt. Mandy Moore und Leanne Prain empfehlen in ihrem Buch „Yarn Bombing", immer von einem Kunstprojekt zu sprechen, niemals von „Graffiti", wenn man dabei von einer Amtsperson oder einem nicht so wollaffinen Mitbürger angesprochen wird.

Dass die Yarn-Bomberinnen ihre Einsätze am liebsten zu mehreren ausführen und genau planen, liegt wohl daran, dass sie viel mehr Zeit für ihre Aktionen brauchen als Leute, die mit Farbe oder Aufklebern unterwegs sind. Meistens haben sie mehrere gestrickte Teile in den Taschen, die sie um Türgriffe, Baumstämme oder Säulen legen und dann festnähen müssen. Das klappt viel schneller, wenn man mindestens zu zweit ist. Und bei sehr großen Objekten wie Mülltonnen oder Parkbänken ist sowieso Teamarbeit gefragt: Vorher muss jemand Maß nehmen und die Aufgaben verteilen: Wer bestrickt die Lehne, wer den Sitz? Mit mehreren Strickerinnen dauert es nicht so lange, und das Werk sieht am Ende viel witziger aus, wenn verschiedene Garne und Muster zu einer großen Patchwork-Hülle kombiniert werden. Wem das alles zu heikel ist oder wer keine Mitstreiterinnen findet, der kann auch ein paar schön geformte Steine vom Strand mit nach Hause nehmen, sie ganz in Ruhe mit bunten gestrickten Hüllen versehen und sie dann unauffällig verteilen. Das klappt auch alleine, geht schneller, und das Ergebnis ist genauso liebenswert.

Yarn Bombing ist auch eine tolle Gelegenheit, all die Strickgarne aufzubrauchen, die man in der Anfängerzeit gekauft und dann doch nicht benutzt hat: Acrylgarn mit Fransen, dickes Sockengarn in Gelb, einen Pack Pulliwolle aus dem Supermarkt in einer viel zu grellen Farbe. Je höher der Polyamid- oder Kunstfaseranteil, desto wetterfester und mottenfraßresistenter ist das gestrickte Objekt.

Übrigens sollte keine Woll-Künstlerin traurig sein, wenn ihre Werke sehr schnell wieder aus der Öffentlichkeit verschwinden: Wahrscheinlich hat sich jemand in die witzigen Blumen oder die flauschige Mütze verguckt und sie einfach mit nach Hause genommen. Und überlegt jetzt, ob er selbst nicht auch anfangen sollte mit dem Stricken.

Alle anders, alles gut

Wer Strickerinnen beobachtet, wird feststellen, dass sie zwar alle Nadeln und Garn benutzen und Fäden so durch Maschen ziehen, dass dabei neue Maschen entstehen. Aber schon bei der Technik, wie sie den Faden in der linken Hand halten, gibt es Unterschiede: Manche wickeln das Garn fest um den Zeigefinger und bewegen ihn immer weiter auf die Nadelspitzen zu, bis das Stück Faden zwischen der letzten gestrickten Masche und dem Finger aufgebraucht ist. Andere lassen das Garn zwischen Zeige- und Mittelfinger durchlaufen, manche wickeln es zusätzlich noch einmal um den kleinen Finger herum. Ich habe mich lange gefragt, wie um alles in der Welt man mit 2-mm-Nadeln auf eine Maschenprobe von 36 Maschen je 10 Zentimeter kommen kann, bis ich mir mal genauer angeguckt habe, was ich eigentlich mit meinem Arbeitsfaden mache: Ich lasse ihn von vorn nach hinten über den Zeigefinger laufen und klemme das lose Fadenende zwischen der Nadel und meinem Daumen ein. Eine starke Fadenspannung, die man für ein dichtes, wirklich festes Gestrick braucht, bekomme ich so natürlich nicht hin. Muss ich aber auch nicht. Niemand schreibt mir vor, wie ich den Faden halten soll, keiner kritisiert mich dafür, ich bekomme keine schlechte Note und keinen Strafzettel. Ich kann genau so stricken, wie ich es möchte, solange mir das Ergebnis gefällt. Und wenn ich an meiner Methode etwas ändern will, kann ich selbst entscheiden, wann der richtige Zeitpunkt dafür ist. Es gibt nämlich keine Strickpolizei, wie die Strickbloggerin Stephanie Pearl-McPhee so treffend bemerkt.

Gelegentlich lese ich bei Ravelry Diskussionen darüber, ob die „kontinentale" Strickmethode die beste oder schnellste ist. Diese Art zu stricken haben sich die meisten von uns hier in Deutschland von ihren Großmüttern oder Handarbeitslehrerinnen abgeguckt. Viele Engländerinnen und Amerikanerinnen stricken ganz anders: Sie halten den Faden in der rechten Hand und wickeln ihn bei jeder Masche um die rechte Nadelspitze herum. Ich habe diese Technik nie ausprobiert, weil mir meine Methode gut gefällt.

Denn es ist doch so: Wenn jemand anders strickt als ich oder als alle anderen Leute auf diesem Planeten und sich am Ende trotzdem über seine neue, tolle, selbst gemachte Mütze freut, ist es doch ganz egal, auf welchem Weg er dorthin gekommen ist. Ob mit Nadelspiel, einer oder zwei Rundstricknadeln oder flach hin- und hergestrickt und am Ende zusammengenäht: Beim Stricken führen viele Wege zum Ziel, und jeder kann den wählen, der ihm am ehesten zusagt. Denn egal, was man beim Stricken auch tut: Es wird niemandem schaden, niemanden beleidigen oder seine Wertvorstellungen in Frage stellen.

Stricken ist tolerant. Es vereint verschiedene Traditionen und ist dabei immer offen für neue Methoden, eine Pullover-schulter zu stricken oder eine Sockenspitze zu beginnen. Und gleichzeitig schafft Stricken zwischen vielen, sehr unterschiedlichen Menschen auf der ganzen Welt eine Gemeinsamkeit, ein Zusammengehörigkeitsgefühl. Einfach so. Ich bin mir sicher, dass der UNO-Generalsekretär uns heimlich darum beneidet.

Ganz leicht oder höllisch schwer

„Wow, das sieht ja toll aus! Das könnte ich nicht." „Ich stricke nur rechte und linke Maschen." „Bei mir wird es immer zu locker." „Ich kann einfach keine Anleitungen lesen." – So etwas hört man als Strickerin oft, wenn Nicht- oder Wenigstrickerinnen unsere Werke sehen. Dabei brauchen viele von ihnen bloß eine kleine Anregung, einen winzigen Schubs. Stricken ist nie wirklich schwer, wenn man sich eine verständlich geschriebene Anleitung heraussucht und weiß, wo man sich Hilfe holen kann. Manche Wollgeschäfte oder Volkshochschulen bieten auch Strickkurse für Anfängerinnen und Wiedereinsteigerinnen an. Oft reicht aber schon ein Nachmittag mit einem Cappuccino und der angefangenen Mütze auf dem Sofa, bei dem eine strickende Freundin über die Anfangshürden hinweghilft, um festzustellen: „Doch, das kann ich. Und es macht Spaß!" Gerade am Anfang braucht sich niemand mit komplizierten Mustern zu quälen – keine wird beim Stricktreffen schräg angeguckt, weil sie etwas Schlichtes auf den Nadeln hat. Ganz im Gegenteil: Selbst erfahrene Strickerinnen, die sich, ohne mit der Wimper zu zucken, an die filigransten Lochmustertücher heranwagen, stricken zwischendurch auch gern mal eine einfache Socke oder ein Dreieckstuch in Kraus-Rechts. Stricken ist immer genauso schwer oder leicht, wie wir es in diesem Moment brauchen.

Wer im Job gerade Stress oder ein krankes Kind zuhause hat, mag sich abends nicht auch noch mit einer großen

Zopfmuster-Strickschrift beschäftigen. Aber es tut gut, ein paar Runden an der kleinen Socke aus dem wunderschön bunten Garn zu stricken, weil es entspannt und Platz lässt im Kopf für all die Gedanken, die darin gerade unterwegs sind. Und dann gibt es den Jahresurlaub am Strand, bei dem sich nach drei Tagen auf dem Liegestuhl die Lust auf eine kleine Herausforderung meldet. Gut, wenn für solche Fälle ein großes Knäuel Lacegarn und die Anleitung für ein nicht ganz simples Schultertuch im Reisekoffer liegen. Etwas Neues zu lernen, wie zum Beispiel winzige Glasperlen in ein Spitzenmustertuch einzuarbeiten, ist vielleicht gerade das, was fehlt, wenn um uns herum Stillstand herrscht. Der kleine Triumph, eine neue Technik zu beherrschen, kann manchen Frust im restlichen Leben abmildern.

Stricken ist, egal was sonst gerade läuft, die ideale Ergänzung und immer nur so herausfordernd, kompliziert oder hirnlos, wie wir es in diesem Moment gerne hätten. Nach dem dritten gerade gestrickten Schal mit rechten Maschen sind wir bereit für Umschläge oder Zunahmen. Nach dem fünften Paar schlichter Socken versuchen wir uns an Kniestrümpfen mit einem kleinen Zopf an der Seite. Und wenn das angefangene Jäckchen, die Mütze oder die bunte Socke jetzt doch nicht so gut in unser Leben passen, kommen sie in eine Plastiktüte und dürfen erst mal eine Weile Pause machen. Sie werden sich ganz bestimmt nicht darüber beschweren.

Fünf Minuten reichen

Manche Leute haben schon lustige Hobbys: Plane-Spotting zum Beispiel. Da kaufen sich Menschen unfassbar teure Fotoausrüstungen mit gigantischen Objektiven. Die laden sie am Wochenende in ihre Autos und fahren damit zum nächstgelegenen Flughafen, um dort Flugzeuge bei Start oder Landung zu fotografieren. Und zwar am besten so, dass man erkennen kann, um welche Maschine es sich handelt. Dann packt man alles wieder ein, fährt nach Hause, lädt die Fotos auf den Computer und stellt sie auf eine Internetseite. Wer besonders viele Flugzeuge fotografiert hat, möglicherweise sogar alle, die diesen einen Flughafen frequentieren, ist ein angesehenes Mitglied der Plane-Spotter-Gemeinde.

Ich will jetzt gar nicht über Sinn oder Unsinn dieses Hobbys sprechen, denn sicher würden sich Plane-Spotter über uns Strickerinnen genauso wundern wie wir uns über sie, weil wir unsere Mützen lieber stundenlang selbst stricken, statt sie im nächsten Laden für wenig Geld zu kaufen. Mich interessiert vielmehr die Zeit, die man braucht, um bei einem Hobby wie Plane-Spotting befriedigende Ergebnisse zu erzielen: Wohnt man direkt neben dem Flughafen und der Fahrweg entfällt, braucht man dennoch sicher eine Viertelstunde, um die Ausrüstung an den besten Platz zu bringen. Und dann sollte man wohl schon ein bis zwei Stündchen veranschlagen, um genügend Flugzeuge landen oder starten zu sehen und sie dabei abzulichten. Hat man nicht wenigstens zweieinhalb Stunden am Stück dafür frei, funktioniert dieses Hobby einfach nicht.

Ähnliches gilt für Fotos-in-der-Dunkelkammer-Entwickeln, Rudern, Reiten, Nähen, Töpfern, Aquarellmalerei. Jede Freizeittätigkeit, bei der man Chemikalien in Plastikwannen schütten, eine Staffelei aufbauen, Tiere von der Koppel holen, Boote zum Wasser tragen oder einfach nur eine halbe Stunde Auto fahren muss, klappt nur bei genügend freier Zeit am Stück. Genau hier liegt der entscheidende Vorteil des Strickens: Selbst winzigste Zeiträume reichen aus, um Fortschritte zu machen. Zehn Minuten im Bus? Fünf Runden an der Socke gestrickt. Fünf Minuten, während die Kinder eine Folge „Lauras Stern" vor dem Schlafengehen gucken? Eine Reihe an meinem neuen Tuch. Das ist großartig, und mir fällt jetzt kein anderes Hobby ein, das diese Bezeichnung verdient, bei dem man in so winzigen Zeitabschnitten ähnlich produktiv sein und so schöne Ergebnisse bekommen kann. Oder bei dem es ebenso wenig ein Problem ist, wenn man sie plötzlich unterbrechen muss: Es klingelt an der Tür, die Mikrowelle piepst, die Oma ist eine halbe Stunde früher da als angekündigt. Alles klar, das Strickzeug landet in der Schublade, und wenn ich mal wieder ein paar Minuten frei habe, geht es weiter.

Ich gebe aber zu: Wenn ich die Wahl hätte zwischen zwölf mal fünf Minuten Strickzeit im Bus und einer ganzen Stunde ohne Unterbrechung, würde ich natürlich lieber die ganze Stunde haben. Manchmal gönne ich mir die auch: Dann verabschiede ich mich von meiner Familie und verschwinde zum Stricktreff. Und dort bleibe ich mindestens so lange wie ein Plane-Spotter am Rollfeld.

Besser als Heimwerken

Falls sich mit Mitbewohnern, Lebenspartnern oder Kindern eine Diskussion darüber ergeben sollte, welches Hobby mehr Vorteile bietet, kommt hier eine nützliche Liste mit Argumenten:

1. Die Werkzeuge, die ich fürs Stricken brauche, sind gewöhnlich für weniger Geld zu bekommen und häufiger im Gebrauch als der Profi-Schwingschleifer, der seit letztem Herbst in der Werkstatt lagert.

2. Sollte mir beim Stricken aus Versehen ein Stück Arbeitsmaterial auf den Kopf fallen, brauche ich keinen Eisbeutel und muss ich auch nicht ins Krankenhaus, um eine Gehirnerschütterung oder ein Schädeltrauma auszuschließen.

3. Ich kann nebenbei einen Film gucken, ohne Angst haben zu müssen, dass mir, weil ich etwas abgelenkt bin, ein Stück Arbeitsmaterial auf den Kopf fällt und ich dann einen Eisbeutel brauche (oder ins Krankenhaus muss, siehe oben).

4. Sollte ich dabei einen Fehler machen, fliegen nicht gleich sämtliche Sicherungen im Haus raus. Außerdem muss in der nächsten Woche nicht der Elektriker vorbeikommen und stundenlang die angebohrte Stromleitung freiklopfen.

5. Sollte ich während der Ausübung meines Hobbys mit jemandem in Streit geraten und so wütend werden, dass ich Arbeitsmaterial nach ihm werfe, braucht er keinen Eisbeutel (und muss auch nicht ins Krankenhaus, siehe oben).

6. Nach dem Stricken ist es meistens nicht notwendig, den Staubsauger aus der Besenkammer zu holen (außer vielleicht, man hat gerade acht Stränge ungefärbte Öko-Wolle zu Knäueln gewickelt, in der noch das Stroh aus dem Schafstall steckte).

7. Ich brauche für mein Hobby keine Werkstatt, sondern nur einen Platz auf dem Sofa. (Und natürlich einen ganzen Kleiderschrank voller Wolle, Stricknadeln und Knöpfen. Und drei Regalmeter für Strickbücher. Aber das darf ich bei Auseinandersetzungen wie diesen ruhig verschweigen.)

Pläne schmieden

Meine grüne Strickjacke ist fertig. Das ist einerseits toll, denn ich kann sie, wenn sie denn endlich trocken ist, in diesen kalten Herbsttagen gut gebrauchen. Aber gestern Abend ist es mir schon wieder passiert: Mein Mann und ich saßen, nachdem wir die Kinder zu Bett gebracht hatten, wie jeden Abend auf dem Sofa, um bei einer Folge „Modern Family" den Tag ausklingen zu lassen. Und dann fiel mir ein: Ich habe nichts mehr zum Stricken! Okay, nicht ganz nichts, denn irgendwo liegt immer noch meine Unterwegs-Socke, die gut in die Handtasche passt und an der ich bei Stricktreffen, Cafébesuchen oder im Bus herumstricke. Leider gehöre ich nicht zu den begabten Individuen, die sich gleichzeitig über die neuesten Entwicklungen bei „Mad Men" unterhalten und dabei ein Lace-Chart entziffern können. Darum immer Socken, immer das gleiche schlichte Muster, das ich an der Spitze anfange und am Schaft abkette („Spice Man" von Yarnissima – sehr zu empfehlen und auch auf Deutsch). Und fast immer für meine Kinder. An sich nicht verkehrt, und man kann ganz bestimmt auch abends auf dem Sofa prima einfache Socken stricken.

Aber der Abend ist meine Haupt-Strickzeit, mein Feierabend, meine kleine, schönste Zeit des Tages, die ich mit dem tollsten mir bekannten Menschen (meinem Mann), der meiner Meinung nach besten in den eigenen vier Wänden verfügbaren Unterhaltung (Fernsehserien aus den USA) und dem interessantesten Strickprojekt verbringen möchte, das, einmal fertiggestellt, spektakulär und großartig sein soll. Und, nun ja: Die Socken, die ich für meine Kinder mache, mögen warm, praktisch und sogar hübsch sein. Aber sie sind keine anständigen Premium-Strickzeitprojekte. Also muss ein neues her. Da es gestern Abend schon zu dunkel war, um Garn auszusuchen, habe ich dann doch erst mal die Unterwegssocke genommen. Aber jetzt fängt der Spaß an: Was soll es werden?

Manchmal liegt eine Tüte mit einer Pullovermenge Garn schon seit ein paar Wochen neben meinem Schreibtisch. Dann ist die Garnstärke klar; dass es ein Kleidungsstück werden soll, auch – und die Suche kann losgehen. In meiner Strickbibliothek blättere ich durch Hefte und Bücher, mein Blick bleibt an einer geschickt konstruierten Mütze hängen, obwohl ich doch eigentlich eine Pulloveranleitung suche. Hätte ich eigentlich ein Aran-Garn in Dunkelrot da? Dann durchwühle ich Kartons, packe Wollstränge aus, stelle mich damit vor den Spiegel, lege sie nebeneinander, um mögliche Farbkombinationen auszuprobieren, entdecke in einer Plastiktüte in der Ecke eine vor zwei Jahren begonnene Socke, die eigentlich ganz hübsch aussieht und es jetzt auch mal verdient hätte, mal zu Ende gestrickt zu werden ...

Ich glaube, Psychologen würden das, was ich beim Wolle- und Anleitungsuchen erlebe, als „Flow" bezeichnen, also einen glücklichen Zustand, in dem man sich weder langweilt noch überfordert fühlt. Sondern mit etwas beschäftigt ist, das einen vollkommen gefangen nimmt. In meinem Such-Flow packe ich fast meinen gesamten Wollvorrat aus und begutachte ihn, bis mich eine Idee, eine Farbe oder ein Foto so fasziniert, dass ich weiß:

Das muss es jetzt sein. Oft kommen mir dabei die Datenbanken auf der Webseite Ravelry zu Hilfe. Einerseits kann ich darin gezielt nach Anleitungen für Westen mit V-Ausschnitt und buntem Einstrickmuster für Garn suchen, das mit 20 Maschen auf zehn Zentimetern verstrickt wird. Anleitungen, die mir gefallen, kann ich auf meine Merkliste setzen und auch gleich notieren, aus welcher Wolle ich sie stricken möchte. Andererseits habe ich meinen Wollvorrat in meiner persönlichen Garn-Datenbank abgespeichert und sehe auf einen Blick, ob ich genügend hellgraues Garn habe, um mir den schönen Mantel mit den dicken Zöpfen daraus zu stricken. Natürlich klettere ich danach trotzdem noch in meinem Zimmer herum, um den Karton mit der hellgrauen Wolle vom Regal zu holen, sie anzugucken, sie ein bisschen zu streicheln und daran zu schnuppern (Ja, das tue ich: Wolle schnuppern. Jede duftet anders!).

Und dann, wenn die Anleitung aufgeschlagen, ausgedruckt oder abgespeichert ist und das passende Garn bereitliegt, kann es leider immer noch nicht losgehen. Denn viele Garne, besonders die handgefärbten, kommen nicht als fertig gespulte Knäuel zu uns, sondern als Stränge. Nur wenige Strickerinnen beherrschen die Kunst, direkt vom Strang zu stricken, und ich habe mich das nie getraut. Das Risiko, dabei einen Vertüdelungs-Supergau zu erleben, ist mir einfach zu hoch. Meine ersten Stränge habe ich noch mühsam mit der Hand gewickelt: Die Wolle um zwei Stuhllehnen gelegt und den Faden zu einem Ball aufgerollt. Bei knapp 1.600 Metern Lace-Wolle dauerte das einen knappen halben Tag.

Manche Leute genießen das Wolle-Wickeln als ein meditatives Ritual, das zum Stricken dazugehört, aber mir fehlt dafür leider die Geduld. Ich will stricken, nicht wickeln! Um mein Fluchen und Jammern über das leidige Wollewickeln zu reduzieren, schenkte mein Mann mir eine Haspel, also eine Art dreh- und aufspannbaren Wollhalter, auf den man die Stränge ziehen und viel bequemer abwickeln kann. Das war schon mal ein großer Fortschritt, denn jetzt brauchte ich das Garn nur noch zu Knäueln zu wickeln und brauchte dabei nicht mehr um einen Stuhl herumzutanzen. Aber irgendwann ging mir auch das nicht mehr fix genug: Ein Wollwickler musste her, also ein Gerät mit Kurbel, das durch eine ausgefeilte Technik sehr hübsche, zylinderförmige Wollknäuel erzeugt. Theoretisch. Praktisch klemmt oder hakt es dabei ständig, oder das Garn auf der Haspel bleibt an sich selbst hängen. Zum Glück ist es mir nur einmal passiert, dass das Garn zwischen die Zahnräder geriet und ich es durchschneiden musste, um es daraus zu befreien (noch eine tolle Szene für einen Strick-Horrorfilm!). Seit ich meinen klapprigen Plastikwickler durch ein solide gearbeitetes Exemplar aus Holz ersetzt habe, sind solche Unfälle seltener geworden, und meine Abneigung gegen das Knäuelwickeln hat etwas nachgelassen. Aber ich könnte immer noch sehr gut darauf verzichten.

Denn am schönsten ist für mich der Moment, in dem die Wolle strickfertig ist, Anleitung und Nadeln bereit sind und der Platz auf dem Sofa für mich frei ist. Und mein Abend ist gerettet.

Die Welt verbessern

Kleidung ist ein Thema, das mich sehr beschäftigt. Nicht nur beim Stricken oder wenn ich mich morgens anziehe, sondern vor allem, wenn ich Nachschub brauche. An Unterhosen, Jeans oder Langarmshirts zum Drunterziehen. Wo kaufen? Und zu welchem Preis? Wer hat eigentlich diese Kinderjeans genäht, die ein Etikett mit der winzigen, versteckten Aufschrift „Made in Bangladesh" trägt? Mit wie viel Chemie wurde die Baumwolle auf dem Feld besprüht, wie viel Wasser hat sie gebraucht? Wie geht es den Verkäuferinnen in dem Laden, der diese Jeans für 7,99 Euro anbietet? Dass es in der Modeindustrie oft nicht mit rechten Dingen zugeht, ist ja mittlerweile bekannt. Vom Rohstoffanbau bis hin zu den Arbeitsbedingungen der Näherinnen und Verkäuferinnen geht es fast immer nur darum, den billigsten Preis oder, im Fall von Markenkleidung und Designerlabels, die höchsten Gewinne hinzubekommen. In ihrem Buch „To Die For" („Zum Sterben schön") hat die englische Journalistin Lucy Siegle allerlei Schockierendes zutage gefördert: Fabrik-Arbeitsplätze, die krank machen, Plantagen, die Gewässer vergiften, und Konsumenten, denen das alles egal ist, weil sie immer den neuesten Trend zum kleinsten Preis wollen. Es gibt tatsächlich Leute, die sich jede Woche mit neuer Billigmode eindecken, die Teile ein- bis zweimal tragen und sie dann in den Müll werfen. Denn die Klamotten in die Reinigung zu bringen würde mehr kosten, als einfach etwas Neues zu kaufen.

Doch selbst wer beim Klamottenkauf nicht nur auf den Preis achtet, hat es oft schwer. Zwar gibt es schon lange Kleidung aus Bio-Baumwolle, aber ob es Näherinnen und Baumwollpflückerinnen gut geht, ist noch nicht so lange ein Thema. Ihre Arbeit bleibt im Modealltag unsichtbar, ihr wird nicht der Wert beigemessen, den sie eigentlich hat, und sie ist darum schlecht bezahlt.

Und was ändert es nun, wenn ich mir meine Pullover und Socken selbst stricke? Auf den ersten Blick nicht viel, denn meine Jeans, meine Unterwäsche und Biobaumwoll-T-Shirts, die ich dazu trage, muss immer noch jemand anders für mich zusammennähen. Aber seit ich stricke, kaufe ich ganz anders ein. Ich suche gezielter, ich kenne mich und meinen Geschmack besser als früher, und Fehlkäufe, die in der Altkleidersammlung landen, passieren mir seltener. Durch das Stricken wird mir bewusst, was für ein aufwändiger Prozess es doch ist, eine Jacke oder eine Socke herzustellen. Frauen, die die Wolle vor dem Stricken auch noch selbst zu Garn spinnen, wird das bestimmt noch sehr viel deutlicher. Ein Kleidungsstück kann und darf allein durch die Rohstoffe und die viele Arbeit, die darin stecken, kein Wegwerfprodukt sein. Das gilt für Blusen, T-Shirts und Röcke genauso wie für den Strickmantel mit dem komplizierten Zopfmuster. Wenn ich ein neues Kleidungsstück brauche, gucke ich jetzt immer zuerst, ob ich etwas Bezahlbares in Bio-Qualität finde, das möglichst auch noch unter fairen Bedingungen produziert wurde. Denn bei Firmen, die so etwas machen, habe ich beim Einkaufen ein besseres Gefühl. Und später, wenn ich die Sachen trage, natürlich auch.

Leider hält kein Pullover ewig, auch ein selbstgestrickter nicht, und es kommt zwangsläufig der Tag, an dem man sich darin nicht mehr sehen mag. Aber dann gibt es immer noch die Möglichkeit, ihn zu einem Sofakissen umzuarbeiten oder ihn gleich aufzuribbeln und das Garn, das noch zu gebrauchen ist, in eine neue Mütze zu verwandeln.

Handstrickerinnen können viel dazu beitragen, unseren Umgang mit Kleidern zu verändern, schreibt Lucy Siegle. Sie sind gezwungen, ihr Material sorgfältig auszuwählen, weil ihnen schon beim Stricken Unterschiede in der Qualität des Garns ganz deutlich auffallen. Viele Strickerinnen legen großen Wert darauf, schaf- und umweltfreundlich hergestellte Wolle zu verstricken. Tatsächlich bieten sogar die großen industriellen Strickgarnhersteller mittlerweile Garne mit Ökolabel an. Strickerinnen möchten, dass das Garn, das sie in vielen Tagen und Wochen verarbeiten, so gut ist, dass es hunderte Wäschen übersteht und viele Jahre schön bleibt – also das genaue Gegenteil einer Wegwerfklamotte. Und selbst wenn einige Strickerinnen gigantische Wollvorräte haben, die zugegebenermaßen manchmal einem ähnlichen Kaufrausch geschuldet sind wie die übervollen Kleiderschränke der Modefreaks, so haben wir doch einen entscheidenden Vorteil: Wolle hat kein Verfallsdatum, sie wird nicht schlecht (wenn wir sie mottensicher lagern). Wir können auch in zehn Jahren noch etwas Schönes daraus stricken. Wenn Strickerinnen regelmäßig und viel Wolle kaufen, ist das nicht etwa Zeichen einer Wegwerfmentalität, sondern schlicht und einfach sinnvolle Vorratshaltung.

Und wenn wir tatsächlich mal das Gefühl haben, dass jetzt zu viel Wolle da ist, können wir sie für ganz konkrete gute Zwecke einsetzen: Manche Schulen und Altenheime nehmen gerne Garnspenden an. Denn Handarbeiten können Demenzkranken helfen, den Gedächtnisverlust hinauszuzögern, und Kindern, sich besser zu konzentrieren. Und Kirchengemeinden verkaufen Handgestricktes auf dem alljährlichen Weihnachtsbasar, dessen Erlöse einem guten Zweck dienen. Es gibt Vereine, die wärmende Wolldecken und winzige Mützen für Frühgeborene stricken oder Schals und dicke Socken für Obdachlose. Wer mitmachen will, braucht nur im nächsten Wollgeschäft zu fragen. Dort weiß man von solchen Aktionen und kann Auskunft geben. Und wer nicht Wolle, sondern Wissen weitergeben möchte, kann auch das tun: Schulen und Jugendprojekte sind manchmal auf der Suche nach erfahrenen Strickerinnen, die Kindern – und sogar ihren Lehrerinnen! – ihr Handwerk beibringen. Auch wenn wir unseren Kindern, Enkeln und Freundinnen zeigen, wie linke und rechte Maschen funktionieren, und ihnen den Spaß am Stricken vermitteln, ist das ein wichtiger Beitrag.

So schließt sich der Kreis: Je mehr Leute stricken, desto mehr Menschen wissen, welchen Wert ein Kleidungsstück eigentlich hat und dass es keine Wegwerfware sein darf. Dafür ist es allmählich an der Zeit.

Weil man es auch mal lassen kann

Ich merke schon, bei dieser Überschrift regt sich Widerstand im Strickerinnenherz. Wir erinnern uns an die Zeiten, als wir noch nicht zu den Hardcore-Strickerinnen gehörten, die stets eine angefangene Socke in der Handtasche mit sich herumtragen, als Notfall-Strickzeug sozusagen. Könnte ja sein, dass man gezwungen wird, irgendwo sinnlos Zeit totzuschlagen (Wartezimmer beim Arzt!), Schlange zu stehen (Post!), auf öffentliche Verkehrsmittel zu warten oder, schlimmer noch, stundenlang darin zu sitzen (Zug! Flugzeug!). Früher hab ich mich dann immer tierisch geärgert, dass irgendwelche Leute sich anmaßten, meine wertvolle Zeit so zu verschwenden. Dabei hatte ich doch wirklich Wichtigeres zu tun! Welch eine Zumutung! Mittlerweile bleibe ich in solchen Situationen etwas ruhiger, weil ich meine Notfallsocke dabeihabe. Damit kann ich stundenlang still sitzen und auf irgendetwas warten, wenn es sein muss. Im 19. Jahrhundert hat man den Mädchen hauptsächlich deswegen das Stricken beigebracht: Damit sie lernten, still zu sitzen und sich mädchen- und tugendhaft zu verhalten, statt wild herumzuspringen. Aber ich glaube, da liegt ein Denkfehler vor. Stricken macht Menschen nicht zu Stubenhockern. Denn gerade Leute mit großem Taten- und Bewegungsdrang, die immer auf Achse sind und neue Ideen haben, greifen zum Strickzeug, wenn sie durch andere Umstände zum Stillsitzen gezwungen sind: schlafende Babys, Reisen, Verspätungen, langweilige Vorträge, gebrochene Beine, Rheuma. Um in solchen Situationen nicht wahnsinnig zu werden, brauchen gerade aktive, kreative Menschen ihr Strickzeug.

Für mich gehören abends auf dem Sofa, wenn die Kinder im Bett sind und ich meinen Feierabend genießen will, ein guter Film auf der Mattscheibe, die Stricknadeln einfach dazu. Aber nach sechs Jahren extremen Strickens in jeder freien Minute kommt es durchaus vor, dass ich – und jetzt müssen wir alle sehr tapfer sein – auch mal einen ganzen Tag lang nicht stricke. Sondern lieber ein Buch oder eine Zeitschrift lese. Oder sinnlos im Internet herumstöbere, weil ich mir eigentlich neue Schuhe bestellen wollte und dann diese Seite mit Kinderkleidung entdeckt habe und meine Tochter doch neulich um eine neue Strumpfhose gebettelt hat. Oder weil ich mich auf dem Sofa an meinen Mann kuscheln will, und dabei möchte ich keine extraspitzen Metallnadeln in den Händen haben. Und ja, am Anfang war das hart. Ich hatte meinem Strickzeug gegenüber ein schlechtes Gewissen, wenn ich es einen Abend lang im Regal liegen ließ. Ich verschwendete wertvolle Strickzeit! Ich hätte, während „Avatar" auf dem DVD-Player lief, bestimmt eine ganze Kindersocke stricken können! Ich war ein nichtsnutziger Faulpelz.

Und genau das war der Gedanke, bei dem ich mich ein bisschen erschrak: Stricken ist toll, produktiv, macht Spaß, entspannt und hilft mir, meine Zeit sinnvoll zu nutzen. Aber natürlich ist es genauso in Ordnung, wenn ich, wie die meisten anderen Menschen, auch mal gar nichts mache. Nicht produktiv bin. Nicht nützlich. Sondern einfach nur dasitze und meine Existenz genieße.

Das musste ich erst mal lernen. Denn mir scheint, dass ich tief in mir drin abgespeichert habe, was Generationen von Frauen eingeimpft bekommen haben: Sei fleißig, häng nicht rum, tu was. Schon unsere Kinder loben wir am überschwänglichsten, wenn sie ein Bild gemalt, den Tisch gedeckt oder sich selbst angezogen haben. Ein schlichtes „Wie schön, dass es dich gibt!" hören wir höchstens mal am Geburtstag. Ansonsten zählt Leistung, denn Müßiggang ist aller Laster Anfang oder noch drastischer auf Englisch: „Idle hands are the devil's workshop" – untätige Hände werden zur Werkstatt des Teufels. Das ist natürlich kompletter Unsinn, und das weiß ich auch. Aber es war schwierig, diese Gedanken abzuschütteln, mich aufs Sofa zu kuscheln, gar nichts zu tun und mir zu sagen: Nicht zu stricken ist auch okay. Und am nächsten Abend macht es mir gerade darum wieder besonders viel Spaß.

Stricken macht schlau

Oh ja, davon bin ich überzeugt. Denn wer Stricken lernt, muss nicht nur eine abstrakte Anleitung aus Zeichen, die manchmal wie eine Geheimschrift wirken, in das Tun seiner Hände übersetzen. Beim Stricken geht es darum, die Probleme, auf die man dabei trifft, zu lösen, indem man selbst so lange herumgrübelt oder -probiert, bis die neue Abkett-Technik funktioniert. Oder sich Hilfe holt, wenn man nicht mehr weiterweiß. Wer strickt, lernt, dass man trotz gelegentlich auftretenden Frusts und kleiner Rückschläge am Ende zum Erfolg kommen kann. Wer strickt, weiß, dass man manches nicht sofort können kann, sondern erst durch stetes Wiederholen und Üben einer Technik zur Meisterin wird – denn jede von uns hat schon zu groß geratene Mützen oder zu enge Fingerhandschuhe produziert. Wer strickt, den packt irgendwann der Ehrgeiz, dieses eine Tuch nachzuarbeiten, auch wenn die Anleitung leider nur auf Japanisch verfügbar ist. Dann wird gerätselt und kombiniert, bis die Strickschrift entschlüsselt und das Muster lesbar geworden ist. Wer strickt, macht sich Gedanken um die Geometrie eines Halstuchs, erforscht die Bedeutung von Steigungen und Dreieckswinkeln, hantiert mit Formeln und Prozenten. Wer strickt, kann abschätzen, ob ein kleiner Fehler im Bild des Großen und Ganzen stört, und findet einen Weg, wie man ihn am besten versteckt. Wer strickt, lernt, die Niederlage zu verkraften, die es bedeutet, ein selbstgemachtes Kleidungsstück in der Waschmaschine zu ruinieren. Aber ebenso, dass man selbst aus einem verfilzten Pullover noch eine tolle Handtasche machen kann.

Stricken ist eine großartige Lehrerin. Sie vermittelt zwar keine Fakten über die Welt, also nicht das, was wir im klassischen Sinn unter Bildung verstehen. Aber sie tut genau das, was viele Bildungsforscher fordern: Sie bringt Menschen bei, mit Herausforderungen, unvorhergesehenen Situationen und so noch nicht da gewesenen Problemen umzugehen, ohne gleich genervt aufzugeben. Darum macht Stricken schlau.

Oder besser gesagt: Noch schlauer.

Die Möglichkeit, zu spinnen

Strickerinnen, die auch spinnen und ihre eigenen Garne verstricken, setzen unserer Kunst die Krone auf. Sie haben das, was sie anziehen, noch stärker unter Kontrolle, sie sind Meisterinnen der Faserverarbeitung. Sollte die Textilindustrie aus irgendeinem Grund zusammenbrechen, wären sie die Einzigen, die sich und ihre Lieben mit wärmender Kleidung versorgen könnten – vorausgesetzt, sie kämen irgendwo an ein paar herrenlose Schafe heran.

Alle Strickerinnen haben, wie bereits erwähnt, automatisch ein Zweithobby, nämlich Wollesammeln. Mit dem Spinnen kommt für viele noch ein Dritthobby hinzu. Denn nach ein paar Jahren, in denen man gestrickt hat, was die Wollregale so hergeben, wächst bei vielen der Wunsch nach noch mehr Selbstbestimmung. Es reicht dann nicht mehr, über Farbe und Passform, Knöpfe und die Art des Halsausschnitts eines neuen Pullovers zu bestimmen. Diese Strickerinnen möchten auch entscheiden, welche Textur das Garn haben soll, wie es zusammengesetzt ist, ob es einen Farbverlauf haben soll, und wenn ja, welchen. Sie mögen vielleicht den etwas rustikaleren Look, den handgesponnene Garne manchmal haben. Oder sie streben danach, endlich ein so zartes, feines Gespinst von Garn zu erzeugen, das zu der Stola passt, die sie zu ihrem Brautkleid stricken wollen. Denn als Standard-Garn im Laden findet man so etwas sicher nicht.

Ich schreibe diese Zeilen voller Bewunderung aus der Ferne, denn ich habe mich ans Spinnen noch nicht herangewagt. Aber seit mein Mann mir das Buch „A Fine Fleece" von Lisa Lloyd schenkte, nach dessen Lektüre wohl jede Strickerin in Versuchung gerät, sich ein Spinnrad und einen Haufen Fasern zuzulegen, denke ich manchmal darüber nach. Noch zögere ich. Denn ich habe das Gefühl, dass ich beim Stricken noch lange nicht am Ende bin. Da gibt es Tücher, die ich unbedingt machen möchte, Aran-Pullover, bunte Westen und Kinderkleidchen, mit denen ich meine Familie und mich beglücken will. Ich habe Garne gefunden, mit denen ich gerne stricke und die ich genauso gerne trage. Doch das Individuelle, das Handgesponnenes ausstrahlt, die schönen Farbverläufe, die man genauso arbeiten kann, dass sie am damit zu strickenden Pullover besonders gut zur Geltung kommen, all das reizt mich sehr.

Darum habe ich auch die Befürchtung, dass ich, einmal am Spinnrad sitzend, so schnell nicht mehr davon loskommen würde. Wolle, die einem durch die Finger gleitet, der beruhigende Rhythmus des Spinnrades und am Ende der sichtbare Erfolg einer gefüllten Spule – das wäre bestimmt genau mein Ding. Ein Spinnrad müsste her, denn das Spinnen mit Handspindeln wäre mir (wie ich mich kenne) bestimmt zu langsam. Dafür müsste ich in meinem winzigen Zimmerchen erst einmal Platz schaffen. Und dann käme als weiteres, quasi notwendiges Hobby das Spinnfaser-Sammeln hinzu, das noch raumgreifender sein kann als ein Garnvorrat.

Ich bin wohl einfach noch nicht so weit. Aber ich weiß, dass ich irgendwann damit anfangen werde. Und bis dahin genieße ich das Gefühl, mein Potenzial in Sachen Wolle noch nicht voll ausgeschöpft zu haben.

Stricken ist alles

Kaum eine Tätigkeit ist so vielfältig wie Stricken: Es kann ein Rückzugsort für stille, meditative Abende sein oder ein Anlass, sich mit vielen anderen Menschen zu treffen und auszutauschen. Es kann altmodisch sein, nach überlieferten Mustern, die seit Jahrhunderten nicht geändert wurden, oder ganz neu und innovativ, nach einer Anleitung, die erst seit ein paar Stunden im Internet verfügbar ist. Gestricktes kann nützlich sein und warm und damit manchmal sogar überlebenswichtig. Oder es ist dekorativ, witzig, schön, ein Luxus, ein angenehmes Extra. Stricken kann bedeuten, sich ein Knäuel extrafeinen Kaschmir-Merino-Gemischs zu gönnen, sich das neueste, luxuriös fotografierte Anleitungsbuch zu kaufen – einfach, weil es so viel Freude macht. Oder sich Abend für Abend hinzusetzen und ganz selbstlos Socken für die Nachbarskinder oder Mützen für Obdachlose zu stricken. Wer strickt, kann dies tun, um es einfach zu genießen, um Dankbarkeit auszudrücken oder um der Welt damit eine Botschaft zu schicken: Seht her, ich erschaffe etwas mit meinen eigenen Händen, statt einfach nur zu konsumieren. Stricken kann ganz vertraut sein, eine beruhigende Routine oder unglaublich aufregend, weil wir eine neue Technik oder ein Muster ausprobieren, vor dem wir bisher immer großen Respekt hatten. Gestricktes kann bieder sein oder frivol, grob oder hauchzart. Es bietet Erfolgserlebnisse und die Erfahrung, dass es kein Drama ist, Fehler zu machen. Das Strickzeug ist weder sauer noch beleidigt, wenn wir es mal ein paar Tage oder Wochen lang in der Ecke liegen lassen. Darum ist Stricken für jeden, egal in welcher Lebensphase, eine Bereicherung. Und es macht einfach unglaublich viel Spaß.

Frohes Stricken!

Buchtipps & Literatur

Bücher auf Englisch

Gaughan, Norah: „Knitting Nature", Stewart, Tabori & Chang, 2006.

Llyod, Lisa: „A Fine Fleece", Potter Craft, 2008.

Macdonald, Anne: „No Idle Hands: The Social History of American Knitting", Ballantine Books, 1990.

Mandy Moore and Leanne Prain: „Yarn Bombing – The Art of Crochet and Knit Graffiti", Arsenal Pulp Press, 2011.

Pearl-McPhee, Stephanie: „At Knit's End. Meditations for Women Who Knit too Much", Storey Publishing, 2005.

Pearl-McPhee, Stephanie: „Things I Learned from Knitting", Storey Publishing, 2008.

Siegle, Lucy: „To Die For – Is Fashion Wearing out the World?", Fourth Estate, 2011.

Turney, Joanne: „The Culture of Knitting", Berg, 2009.

Walker, Barbara G.: „A Treasury of Knitting Patterns" (Vol. 1-3), Schoolhouse Press, Neuauflage 1998.

Walker, Barbara G.: „Knitting from the Top", Schoolhouse Press, 1972, Neuauflage 1996.

Zimmermann, Elizabeth: „Knitting Without Tears", Touchstone, 1973.

Zimmermann, Elizabeth: „Knitter's Almanac", Dover Publications, 2. Auflage 1981.

Zyla, David: „Color Your Style", Plume, 2011.

Bücher auf Deutsch

Greiner, Silvia: „Kulturphänomen Stricken", Verlag Bernhard Albert Greiner, 2. Auflage 2011.

Kinsel, Brenda: „Wie man einen Badeanzug kauft", Piper, 2004.

Van der Linden, Stephanie: „Stricken. Das Standardwerk", Frechverlag Stuttgart, 2011.

Zeitschriften

Interweave Knits (Strickzeitschrift in englischer Sprache, erhältlich in Wollgeschäften und Bahnhofsbuchhandlungen oder über http://www.interweave.com).

°Internet-Tipps

Knitty (Kostenloses englischsprachiges Online-Strickmagazin mit Anleitungen, Artikeln und nützlichen Tipps zur Stricktechnik): http://www.knitty.com

Mylys (Onlineshop für Strickgarne und gleichnamiges Wollgeschäft mit Café in der Weidenallee, Hamburg): http://www.mylys.de

Ravelry (Anleitungen, Foren, Projektdatenbank, größtenteils auf Englisch, aber auch sehr viel auf Deutsch): http://www.ravelry.com

Twist Collective (englischsprachige Online-Strickzeitschrift mit kostenpflichtigen Anleitungen): http://www.twistcollective.com

Wollmeise (handgefärbte Garne zum Bestellen): http://www.rohrspatzundwollmeise.de

Yarnissima (Anleitungen für Socken und Handschuhe, auch auf Deutsch): http://www.yarnissima.com

YarnHarlot (Weltbekannter englischsprachiger Blog der kanadischen Autorin Stephanie Pearl-McPhee): http://www.yarnharlot.ca

Strickmich!

Anleitungen von Martina Behm

http://www.strickmich.de

Kontakt:
strickmich@frischetexte.de

Anleitungsbücher von Martina Behm

Einfach zu stricken, toll zu tragen und perfekt für
bunte, handgefärbte Garne: innovative Strickanleitungen,
die nahezu ohne linke Maschen auskommen.

Martina Behm:
Strickmich!,
Anleitungsbüchlein,
BoD 2011, 36 Seiten,
ISBN 978-3-8448-0581-9,
€12,90, im Buchhandel.
Das Büchlein enthält die
Anleitungen Hitchhiker,
Lintilla, Trillian, Magrathea
und Nuvem.

Martina Behm:
Strickmich! 2,
Anleitungsbüchlein,
BoD 2012, 36 Seiten,
ISBN 978-3-8482-5347-0,
€12,90, im Buchhandel.
Das Büchlein enthält die
Anleitungen Hitchhat,
Leftie, Ecken + Kanten,
Mostly Warmness und
Hitchhands.

Buchbestellungen (Endkunden) bitte über Online-Buchshops, lokale Buchhändler oder Wollgeschäfte.

Buchbestellungen (Buchhändler und Wollgeschäfte) bitte über den Verlag Books on Demand (buchhandel@bod.de, Fax 0 40-53 43 35 84).

Weitere Titel der Edition B□D

»Ich hatte größtes Vergnügen
bei dieser süffigen Lektüre.«
Vito von Eichborn

»Ich wurde gefesselt und habe
eine Menge gelernt.«
Vito von Eichborn

»Diese bedeutenden und geist-
reichen Frauen machen neugie-
rig, ein sehr kluges Buch.«
Vito von Eichborn

»Diese Geschichten sind rundherum prallvoll mit Leben.«
Vito von Eichborn

Edition B□D

Bücher für Entdecker

Mit BoD™ haben Autoren die Möglichkeit, ihr eigenes Buch risikolos zu veröffentlichen. Debütanten, etablierte Autoren und engagierte Verleger nutzen die Publikationsdienstleistung von BoD und bereichern den Buchmarkt mit interessanten und außergewöhnlichen Titeln.

Um herausragende BoD-Titel besonders hervorzuheben, wurde 2006 die Edition BoD ins Leben gerufen. Zudem konnte Vito von Eichborn, einer der innovativsten Buchmacher Deutschlands, als Herausgeber gewonnen werden. Mit seinem Gespür für Trends und neue Schreibtalente sucht er jeden Monat ein außergewöhnlich gutes Buch aus der Vielzahl an BoD-Titeln aus. Dieses muss ihn inhaltlich sowie sprachlich so überzeugen, dass er den Titel für besonders erfolgversprechend hält.

Stöbern Sie durch die Reihe der Edition BoD unter www.bod.de/edition-vito-von-eichborn.html

Bibliografische Information der Deutschen Bibliothek:
Die Deutsche Bibliothek verzeichnet diese Publikation in der Deutschen Nationalbibliografie; detaillierte Daten sind im Internet über <http://dnb.ddb.de> abrufbar.

Satz, Umschlaggestaltung, Herstellung und Verlag:
BoD – Books on Demand, Norderstedt

ISBN: 978-3-7322-7197-9